麦田阳光

乡村助读，让中国的乡村从风景到精神愈加美丽。

麦田阳光

美丽乡村助读书系

乡村助读，让中国的乡村从风景到精神愈加美丽。

精神的三间小屋

JINGSHEN DE SANJIAN XIAOWU

高洪波 顾问　陈彦玲 主编

毕淑敏　著

山西出版传媒集团　山西教育出版社　·太原·

图书在版编目（CIP）数据

精神的三间小屋 / 毕淑敏著. -- 太原：山西教育出版社，2025.4.（2025.6 重印）-- ISBN 978-7-5703-4431-4

Ⅰ. I267

中国国家版本馆 CIP 数据核字第 20244R55C3 号

精神的三间小屋
JINGSHEN DE SANJIAN XIAOWU

选题策划	李梦燕	统筹编辑	张可迪
责任编辑	李梦燕	特邀编辑	王小毅
复　　审	霍　彪	终　　审	康　健
装帧设计	王春声　薛　菲		
印装监制	蔡　洁		

出版发行	山西出版传媒集团·山西教育出版社
	（太原市水西门街馒头巷 7 号　电话：0351-4729801　邮编：030002）
印　　装	山西基因包装印刷科技股份有限公司
开　　本	890 mm×1240 mm　1/32
印　　张	5.75
字　　数	88 千字
版　　次	2025 年 4 月第 1 版　2025 年 6 月山西第 2 次印刷
书　　号	ISBN 978-7-5703-4431-4
定　　价	36.00 元

如发现印装质量问题，影响阅读，请与出版社联系调换。电话：0351-4729718。

根植乡野,眺望远方(代序)

李东华

把"美丽乡村助读书系"做成精品,为新时代新乡村新少年的成长助力,这个美好心愿,把出版者、策划人、作家、编辑聚集在一起,大家郑重其事地播下种子,然后怀着庄重而又快乐的心情,等待所有努力慢慢发芽。

我曾经有幸数次参加"我的书屋我的梦"乡村少年儿童阅读实践活动征文的评审工作,印象最深的就是2019年。面对从海量征文中初选出的近千篇作品,我油然而生一种"一夜好风吹,新花一万枝"的惊艳感。按照评委会要求,终评委们需要优中选优,再从中挑出几十篇最终获奖文章,这可让我犯了选择困难症,因为每一篇都像枝头迎着东风初绽的花朵,各有各的姿态,各有各的鲜妍,共同构成了蓬勃的春天,哪一朵都可爱得叫人不忍心舍弃。

但我想,我的这种"纠结"是一种喜滋滋的纠结——让人一下子就能感觉到,无论大江南北,全国各地乡村的孩子们,并不是仅仅某一地因为水土适宜而长势良好,而是齐刷刷地在拔节成长。这算是从空间这个维度的横向比较。再沿着时间轴纵向来看,我们可以清晰地感受到这几年的征文质量一年比一年高。从这些或长或短的文章中可以看出，孩子们的阅读内容越来越丰富了，小说、童话、诗歌、科幻、军事、历史、天文、地理……不同体裁不同领域，不论古今中外，凡属人类留下的智慧结晶，都在他们尚属稚嫩却又充满好奇的目光之内，都留下了他们求知和探索的小小脚印。

我想，也正是因为阅读的广博，让他们不管是生长于哪片偏僻的乡野，都能够从浩瀚的书海中汲取无穷无尽的滋养，获得世界性的视野。你能够从字里行间捕捉到一种"初生牛犊不怕虎"的淋漓元气，一种与周围世界、与他人、与自我对话时落落大方的自信表情，一种对祖国、对人类、对万事万物的真挚的爱。而这一切的呈现，又依赖于他们对于语言文字的日渐流畅的、自如的运用。

俗话说"熟读唐诗三百首，不会写诗也会吟"，阅读对于一个人写作能力的反哺，是这些征文给予我的第一个鲜明印象。

那些已初步呈现出汉语言之美的遣词造句，那些灵动的、智慧的表达，那些对于生活细节的敏锐、精准的描摹，那些既充满孩子气又闪耀着思想光芒的惊人之语，都无不让人生发"后生可畏"的赞叹。

所以说，尽管摆在眼前的是一篇篇无言的征文，却分明让人看到了征文背后所站立的那一个个活泼泼的、天真烂漫的孩子，看到了新时代乡村少年儿童因阅读的积累而敢于讲述的不一样的"中国故事"。

对于孩子和国家、民族的关系，已经有很多精辟的认识和论述。"孩子是祖国的花朵"，"孩子是民族的未来"，"少年强则中国强"。然而，如果希望孩子们能撑起国家的明天，他们首先要撑起自己的明天，而阅读则是他们撬动未来命运的支点。"忠厚传家久，诗书继世长"，这是在中国乡间最常见的对联，一代又一代的人家将它贴在大门上，可见在我们民族的潜意识中，书籍和人品是支撑一个国、一个家千秋万代延续下去的两根最坚实的立柱。将这样的对联贴在家门上，贴在最显眼的地方，就是在每时每刻提醒每一个人。我想这是一个有着五千年璀璨文明的民族最智慧的共识。而要把这一共识真正落到实处，最需要着力的地方就是乡村了。

相比于有父母督促而阅读环境更优越的都市孩子来说，乡村孩子的阅读可能更需要政府、社会的引领，尤其是数千万父母不在身边的留守儿童，阅读既是他们获取知识的有效途径，更是滋养他们心灵的精神引领。

我常常想，一个人需要有自己的书柜，一个家庭需要有自己的书房，一个城市需要有自己的公共图书馆，那么一个乡村，当然更需要有自己的书屋。

阅读"'阳光麦田'美丽乡村助读书系"这套书,对孩子们来说,能够得到的是思想和精神上潜移默化的熏陶和滋养。而持续地写作、出版一些适合乡村孩子阅读的好书,让这些书在助力乡村少年儿童阅读方面发挥作用,无疑是功在当代、利在千秋的事业——我们不妨来个小小的假设,全国有六十多万个乡村,假设每个乡村书屋中的书籍,能够像投入湖心的石子,哪怕只在十个孩子的心中荡起涟漪,那么全国就会有六百多万个乡村孩子从阅读中受益。

美丽乡村既要实现生态意义上的"绿水青山",也要构建精神层面的"绿水青山",从这个意义上讲,用优质图书和阅读协助、帮助、辅助乡村阅读,繁荣乡村文化,是建设美丽乡村的有效路径。

面对这些适合乡村少年儿童阅读的文字,我似乎可以看到,未来的他们,因今天的阅读引领而描绘出自己的梦和憧憬。

这些梦,将根植于他们生活的山乡旷野,更将呼应着远方的星辰大海。

目 录

额头与额头相贴　001
成功十二条——知道并不等于能做到　009
紧　张　018
没有少作　027
每个人心中都有一个本子　041
领悟人生的亮色　050
带上灵魂去旅行　065
保持惊奇　071

你要好好爱自己 078
教养的证据 085
任何成瘾都是灾难 091
谎言三叶草 098
谁是你的重要他人 105
心灵拒绝创可贴 122
看着别人的眼睛 132
行使拒绝权 138
古早味道的冬瓜茶 147
精神的三间小屋 154
你究竟说了些什么 159
提醒幸福 173

额头与额头相贴

题记

母亲是严厉的人。从我有记忆以来,从未吻过我们。这一次,因为我的过失,她吻了我。那一刻,我心中充满感动。

如今,家家都有体温表。苗条的玻璃小棒,头顶银亮的铠甲,肚子里藏一根闪烁的银线,只在特定的角度瞬忽一闪。捻动它的时候,仿佛打开裹着幽灵的咒纸,病了或者没病,高烧还是低烧,就在焦灼的眼神中现出答案。

小时家中有一支精致的体温表,银头,好似一粒扁杏仁。它装在一支粗糙的黑色钢笔套里。我看过一部反特小说,说情报就是藏在没有尖儿的钢笔里,那个套就更有几分神秘。

妈妈把体温表收藏在我家最小的抽屉——缝纫机的抽屉里。妈妈平日上班极忙,很少有工夫动针线,那里就是家中最稳妥的所在。

七八岁的我,对天地万物都好奇得恨不能放到嘴里尝一尝。我跳皮筋回来,经过镜子,偶然看到我的脸红得像在炉膛里烧好可以夹到冷炉子里去引火的炭。我想,我一定发烧了,觉得自己的脸可以把一盆冷水烧开,我决定给自己测量一下体温。

我拧开黑色笔套,体温表像定时炸弹一样安静。我很利索地把它夹在腋下,冰冷如蛇的凉意从腋下直抵肋骨。我耐心地等待了五分钟,这是妈妈惯常守候的时间。

终于到了。我小心翼翼地拿出来,像妈妈一样眯起双眼把它对着太阳晃动。

我什么也没看到,体温表如同一条宁澈的小溪,鱼呀虾呀一概没有。

我百般不解,难道我已成了冷血动物,体温表根本不屑于告诉我了吗?

对啦！妈妈每次给我夹表前，都要把表狠狠甩几下，仿佛上面沾满了水珠。一定是我忘了这一关键操作，体温表才表示缄默。

我拈起体温表，全力甩去。我听到背后发出犹如檐下冰凌折断般的清脆响声。回头一看，体温表的"扁杏仁"裂成了无数亮白珠子，在地面轻盈地溅动……

罪魁是缝纫机板锐利的折角。

怎么办呀？

妈妈非常珍爱这支体温表，不是因为贵重，而是因为稀少。那时候，水银似乎是军用品，极少用于寻常百姓，体温表就成为一种奢侈品。楼上楼下的邻居都来借用这支体温表，每个人拿走它时都说："请放心，绝不会打碎。"

现在，它碎了，碎尸万段。我知道，任何修复它的可能都是痴心妄想。

我望着窗棂发呆，看着它们由灼亮的柏油样棕色转为暗淡的树根样棕黑色。

我祈祷自己发烧，高高地烧。我知道，妈妈对得病的孩子格外怜爱，我宁愿用自身的痛苦赎回罪孽。

阳光麦田
·美丽乡村助读书系·

妈妈回来了。我默不作声。我把那支空钢笔套摆在最显眼的地方,希望妈妈主动发现它。我坚持认为被别人察觉错误比自报家门要少些恐怖,表示我愿意接受任何惩罚,而不是凭自首减轻责任。

妈妈忙着做饭。我的心越发沉重,仿佛装满了水银(我已经知道水银很沉重,丢失了水银头的体温表轻飘得像支秃笔)。

实在等待不下去了,我就飞快地走到妈妈跟前,大声说:"我把体温表打碎了!"

每当我遇到害怕的事情,我就迎头跑过去,好像迫不及待的样子。

妈妈把我狠狠地打了一顿。

那支体温表消失了,它在我的感情里留下一个黑洞。潜意识里我恨我的母亲——她对我太不宽容!谁还没失手打碎过东西?我亲眼看见她打碎了一只很美丽的碗,随手把两片碗碴儿一撮,丢到垃圾堆里完事。

大人儿和小人儿,是如此不平等啊!

不久,我病了。我像被人塞到老太太裹着白棉被的冰棍箱里,从骨头缝里往外散发寒气。"妈妈，我冷。"我说。

"你可能发烧了。"妈妈说，伸手去拉缝纫机的小屉，但手臂随即僵在半空。

妈妈用手抚摸我的头。她的手很凉，指甲周旁有几根小毛刺，把我的额头刮得很痛。

"我刚回来，手太凉，不知你究竟烧得怎样，要不要赶快去医院……"妈妈拼命搓着手指。

妈妈俯下身，用她的唇来吻我的额头，以试探我的温度。

母亲是严厉的人。从我有记忆以来，从未吻过我们。这一次，因为我的过失，她吻了我。那一刻，我心中充满感动。

妈妈的口唇有一种菊花的味道，那时她患了很严重的贫血，一直在吃中药。她的唇很干热，像外壳坚硬内瓤却很柔软的果子。

可是，妈妈还是无法断定我的热度。她扶住我的头，轻轻地把她的额头与我的额头相贴。她的每一只眼睛看定我的每一只眼睛，因为距离太近，我看不到她的全部脸庞，只感到一片灼热的苍白。她的额头像碾子似的滚过，用每一寸肌肤感受我的温度，自言自语："这么烫，可别抽风……"

阳光麦田
·美丽乡村助读书系·

我终于知道了我的错误的严重性。

后来,弟弟妹妹也有过类似的情形。我默然不语,妈妈也不再提起,但体温表像树一样栽在心中。

终于,我看到了许多许多支体温表。那一瞬,我的脸上肯定灌满了贪婪。

我当了卫生兵,每天须给病人查体温。体温表插在盛满消毒液的盘子里,好像一位老人生日蛋糕上的银蜡烛。

多想拿走一支还给妈妈呀!可医院的体温表虽多,管理也很严格。纵使打碎了,原价赔偿,也得将那破损的尸骸附上,方予补发。我每天对着成堆的体温表"处心积虑"、摩拳擦掌,就是无法搞到一支。

后来,我做了化验员,离体温表更遥远了。一天,部队军马所来求援,说军马们得了莫名其妙的怪症,他们的化验员恰好不在,希望人医们伸出友谊之手。老化验员对我说:"你去吧!都是高原上的性命,不容易。人兽同理。"

一匹砂红色的军马立在四根木桩内,马耳像竹笋般立着,双眼皮的大眼睛贮满泪水,好像随时会跪倒。我以为要从毛茸茸的马耳朵上抽血，战战兢兢地不敢上前。

兽医们从马的静脉里抽出暗紫色的血。我认真检验，周到地写出报告。

我至今不知道那些马得的是什么病，只知道我的化验结果起了至关重要的作用。

兽医们很感激，说要送我两筒水果罐头作为酬劳。在维生素匮乏的高原，这不啻是一粒金瓜子。我再三推辞，他们再四坚持。想起"人兽同理"，我说："那就送我一支体温表吧！"

他们慨然允诺。

春草绿的塑料外壳，粗大若小手电。玻璃棒如同一根透明铅笔，所有的刻码都是洋红色的，极为清晰。

"准吗?"我问。毕竟这是兽用品。

"很准。"他们肯定地告诉我。

我珍爱地用手绢包起。本来想钉只小木匣，立时寄给妈妈，又恐关山重重、雪路迢迢，在路上震断，毁了我的苦心，于是耐着性子等到了一个士兵的第一次休假。

"妈妈，你看！"我高擎着那支体温表，好像它是透明的火炬。

那一刻,我还了一个愿。它像一只苍鹰,在我心中盘桓了十几年。

妈妈端详着体温表说:"这上面的最高刻度可测到四十六摄氏度,要是人,恐怕早就不行了。"

我说:"只要准就行了呗!"妈妈说:"有了它总比没有好。只是,现在不很需要了,因为你们都已长大了……"

成功十二条——知道并不等于能做到

题记

计划是向导,按照事先列出的明确、细致的计划去做,就像将军战役前准备地图,这是必不可少的功课。

如何达到成功?

成功等于目标的实现。设定好了目标,就要开始行动了。这是一个非常显而易见的道理,几乎所有的朋友都知道,但知道并不等于行动。如果把目标只停留在豪言壮语的阶段,或者是写在本子上,却不能落实在行动中,那么所有的成功计划都是画饼充饥。

最诚实的措施就是要坚持到底、永不放弃,但这也并不等于说有了坚持的精神,就一定会成功。成功不是外在的评价,而是内心的感受。

一个人在争取成功的过程中,享受到了精神的高度和心境的愉悦。如果享有了这些,最终的成败并不是最重要的,因为你已经成功了。

所以,找到你真正的兴趣所在,这是非常重要的第一条。

真正的兴趣是什么,要靠你自己的摸索、思考、探索,这是一个饶有兴趣但也很茫然的过程。只有找到了你真正的兴趣所在,然后致力于这个领域,你才有可能找到走向成功的那条最近的道路。道理很简单,如果这是你的长项,你就会有使不完的劲儿、层出不穷的新鲜点子,就会在遇到挫败的时候依旧兴致盎然。而这些,都是成功的好伴侣。

第二条是建立起良好的人际关系。

现代社会高速发展,再不是单枪匹马的小农时代,你闷头耕地就一了百了。成功不仅仅是个人的事情,而是和整个时代的脉搏紧密相连。良好的人际关系,是加速成功的强大助力。每一个渴望成功的人都不要闭关锁国。

第三条是永远不要期待不劳而获。

我们常常会听到许多成功者得到"贵人相助"的故事，包括一夜暴富的神话，都会讲得有鼻子有眼，叫你不得不相信。

这个世界上一定有匪夷所思的奇迹，但更多的是持之以恒的努力和珍珠一样的汗水，脚踏实地、日复一日地在一块土地上耕耘。只要你的种子优良、你的方法得当，那么即使第一年遇到风，第二年遇到雨，第三年遇到冰雹，第四年遇到蝗虫，我们仍然有理由继续期待丰收。即使在所有的岁月中都没有金黄的谷穗，你付出的劳动，大地也会收藏。

第四条也不能忘，那就是知道在做什么的同时，也牢记不应该做什么。很多时候，我们会遭遇诱惑，特别是在求索成功的攀登中，几乎处处潜伏着不正当手段化装的毒蛇。它们扮出笑脸对我们说，和我在一道吧，我知道一条偏僻的小路，包你可以更快地到达顶峰。如果你一动心，被蛊惑，走上崎岖的小道，等待你的就不是顶峰的旖旎风光，而很可能是悬崖峭壁。成功不仅仅是结果，更是过程。结果可能在世俗的目光中并不辉煌，但我们自心欣慰。

下一个要记住的是——要有计划。

很多人习惯眉毛胡子一把抓，成天忙忙碌碌以为日子充实而饱满，以为所有的努力都是在为成功添砖加瓦。殊不知计划是向导，按照事先列出的明确、细致的计划去做，就像将军战役前准备地图，这是必不可少的功课。有计划的人和没有计划的人之间的分别，在一两个月的时间可能看得不大分明，但一两年就一定会有令人惊讶不已的差距，十年数十年下来，呈现出天壤之别。

第六条，要有创新。

这是一个很简单却常常被别人忽略的原则。

想想看，你期冀成功的领域已经有千百万人反复思谋探索过，好似被游览了若干年的公园。如果你没有一点属于自己的独创的闪光点，你如何能脱颖而出呢？压榨你的大脑吧，它具有强大的潜能。据说人的大脑可能产生三十亿个创想，这是一个了不起的数字。人脑就像一匹骏马，在好骑手的驾驭下，它会像一道闪电掠过草原，速度之快，超过所有人的想象。

第七条，请超越自己。

当你取得了一定的成就时，超越自己就成了常常要对自己说的一句话。也许，超越别人还是比较容易的事情，由不得你放松，由不得你懈怠。但是，当你到了"一览众山小"的高度，继续成功的强大阻力，有时候就来自你的故步自封。

在成功的游泳中，你要不间断地劈风斩浪，每当你对自己有了新的突破之时，你就又向成功的彼岸逼近了一步。

第八条有点老生常谈，那就是珍惜时间。

如果把成功比作一幅锦缎，那么分分秒秒就是织就这幅锦缎的丝线。你放弃丝线就是自毁了华美的锦缎。再伟大的恒星也不过是一些元素的组合，你的生命就是由看似不经意的、无声无息的分秒集合而成的。在获取成功的列车运动图上，要有只争朝夕的精神。

如果你是一个渴望成功的人，就请认真地想想时间这个坐标系。秒针"滴滴答答"重复运行，错觉主宰着我们，仿佛时间取之不尽用之不竭。要想充分领悟时间的宝贵，就需要把参照物放大。

你如果想把握光年的长度，请看银河。

你如果想把握沧海桑田的长度,请看化石。

你如果想把握一生的长度,请看墓园。

你如果想把握一年的长度,请看麦田。

你如果想把握一个月的长度,请看婴孩。

你如果想把握一天的长度,请看潮起潮落。

你如果想把握一个小时的长度,请看抢救心脏。

你如果想把握一分钟的长度,请看上班族的打卡。

你如果想把握一秒钟的长度,请看神舟飞船升天。

你如果想把握一毫秒的长度,请看奥运百米争冠。

你如果想把握自己一生的长度,请珍惜眼前无数个瞬间。

第九条,是不惧怕失败。

谁要说你一定能成功,请不要相信,无论他是出于怎样的善意。

谁要说你一定会有失败,请一定相信,不管他是出于怎样的狭隘动机。

谁要是说你如果能从失败中汲取经验教训,就会向成功迫近,这句话就几乎是真理了。

你追求的成功越是高远，你遭遇的失败就越是顺理成章。在这个问题上，不要以为自己是命运的宠儿，可以不经历风霜之苦，就得到梅花之香。

善待每一次失败，把它给予的痛苦珍藏，经过发酵，酿出佳酿，保存在成功的酒窖里。

第十条，务必认真对待小事。

这里所说的小事，是那种可能积累成大事的小事，不是真正的鸡毛蒜皮。人一生当中，有一些是纯粹的小事，一个渴望成功的人，是不可以长久地关注这种小事的，那会像酸雨一样磨损了你的意志，耗费了你的时间，直到最后，把你销蚀成一个浑浑噩噩的庸人。

有一些小事，就像巴西热带雨林里一只蝴蝶的翅膀扇动，有可能引发纽约华尔街的地震，你切莫麻痹大意，埋下隐患。有一句歌词叫作"借我一双慧眼吧"，据说原本是为了打击假冒伪劣商品而作，后来被人们广为传唱。只是慧眼恐怕不是什么人或是老天爷能给你的，只有靠自己的磨炼和积累，不断地擦拭。

第十一条，很简单，就两个字——顽强。

追求成功的过程中会遇到很多艰难、困苦、挫折与失败。你不打败它们，它们就会打败你。你可以被打败一次，也可以被打败多次，但只要你有顽强的意志，有不屈不挠的精神，你就可以坚持到最后。

那时，也许你仍然无法得到世俗意义上的成功，但是在精神上，你已经把成功的花冠挽在手中。

第十二条，还是两个字——坚持。

你确立了自己的方向之后，再没有什么比坚持这种品行，能更朴素且更恒久地为你提供能量了。水滴石穿、粒米成箩，不积跬步无以至千里……讲的都是这个道理。

不要小看了坚持，能坚持的人和不能坚持的人，结果有天壤之别。你可以选择一曝十寒，或是持之以恒，当你做选择的时候，实际上你已经决定了自己的成功与否。

除此之外，还请记得礼貌待人，乐于助人，做事有条理，保持心情舒畅，真诚对待自己，真诚对待他人，不要自我哀怜，乐于赞扬他人，热爱学习……

看到这里，你可能会说：怎么都是些人人皆知的大道理啊？

这些话，我们从小到大都听了几百遍了，有很多条在幼儿园就学过了。是的，这些基本的道理是我们从小就知道的，但是，你知道了，并不等于你记住了。你记住了，也并不等于你就能够照着去做。

只有当这些人类最基本的美德成为你内心结构的一部分，甚至融化在你的血液中，也就是进入了你的心理底层，架构起你思维的地基，你才能更快地走向成功。

如此这般，你不用费尽心思地寻找成功了，成功会一步一步地向你走过来，如同你站在巨轮的甲板上，有扑面而来的风。

紧 张

题记

紧张是一百米短跑,成长则是马拉松比赛。

一个有趣的游戏。两人一组,其中一人会拿到一些字条,上面写着字,表达的都是人们常有的一些情绪或状态,比如高兴、漠不关心、嫉妒、疲倦至极……

拿到字条的人,要按照字条上的指示做出相应的表情和动作,让另外的那个人猜。

例如,甲看了看手中字条上的字迹,沉思片刻后开始表演。先是豹眼圆睁,辅以一个箭步上前,右手揪住假想中的某人脖领,同时挥出弧度漂亮的左勾拳,击中那人腮帮……

乙在目睹了甲的表情和动作以后，也沉思片刻。然后大声说出他解读出的对方的情绪——愤怒。

甲颔首道："基本正确。不过，我手中的字条上写的是'狂怒'。"

乙说："嘿！如果是狂，你的这个表达等级味道尚欠浓烈。倘若换我，一般的愤怒就已达到这个档次。真到了狂怒阶段，还要加上怒发冲冠、拳打脚踢、暴跳如雷……"

这个小游戏，说明人和人之间并不是很容易沟通的，人们通常按照自己表达情绪的方式来理解他人。

但人和人之间仍是可以沟通的，需要语言的帮助和长久的磨合。程度差异很大，可以一叶知秋，也可能盲人摸象。

我很喜欢玩这个游戏，可以更深刻地感知他人的内心，察觉人群的异同。正是这种判若云泥的差异，造成了人的丰富多彩和无数悲欢离合。

某次，我遇到了一位有趣的合作者，他是一位老板。

他拿了字条开始表演，目光炯炯，眉头紧皱，身板僵直，双手攥拳。

我绕着他走了三圈,思考不出他这番表演的内涵,求助道:"你能不能示意得再明确些?"

他是个好商量的人。思忖片刻后,加上了一个表情:嘴角紧抿……

我还是百思不得其解,只得求饶道:"猜不出猜不出。我投降,快告诉我底牌吧。"

他把字条递给我,上面写着"焦虑"。

想想也有道理,某些人焦虑的时候就是这副沉闷苦恼的模样。

第二轮测验开始。他看了一眼手中新的字条,开始表演:目光炯炯,眉头紧皱,身板僵直,双手攥拳。

我丧气地说:"不行。再具体些。"

他就又加了一个表情:嘴角紧抿……

天啊,我一筹莫展,甚至想:这一堆测验的字条里不会有两张"焦虑"吧?

我说:"完了,我'弱智'了。请你告诉我吧。"

他手心摊开,我看到了谜底"沮丧"。

"沮丧是这个样子的吗?"我不服气地说,"你的表演有问题,沮丧的时候目光通常是低垂的。"

"但是,我沮丧的时候就是如此聚精会神的。"他很诚恳地说。我只得服输。是啊,你不能否认有些人屡败屡战,永远目光炯炯。

再一次轮到他表演的时候,我格外当心。看到他拿了字条,踌躇了一下,然后胸有成竹地开始演示。

目光炯炯,眉头紧皱,身板僵直,双手攥拳。

看到我的茫然愁苦的模样,他善解人意地加上了一个补充动作:紧抿嘴角……

我极快地调侃道:"干脆杀了我。我无法破译你的密码。"

这次轮到他吃惊了,说:"我有那么神秘吗?其实,这一次,我表达的是一种很平和的情绪'安静'!"

我几乎昏了过去,说:"您的大驾尊容居然能称得上是安静?我想,当你自以为安静的时候,周边的人绝不敢打扰你。"

说者无心,听者有意。他静默了片刻,一拍大腿说:"哦,你这样一讲我就明白了,为什么我以为自己温和的时候,大家依然说我严厉。"

那一次令人难忘的游戏结尾有些苦涩的味道,因为我的这位朋友，无论他拿到写着怎样字迹的字条，他的表情都像一个模子里刻出来的。目光炯炯……嘴角紧抿……甚至当"爱情"出现的时候，他也如此刻板和冷峻。

我问他："你成家了吗？"

他说："成了。但是又散了。"

我说："还打算成吗？"

他说："暂时没有打算。"

我说："没有了好。"

他说："你为什么这样说？"

我说："我的意思是，你若不把表情修改一下，即使有了女朋友，她也会莫名其妙地走开。"

我后来同这位老板详细地探讨了他的表情。他说："我一个当老板的，哪能事事都流露在脸上，让人看个透明？我这是深沉。"

我说："表情的僵化和不动声色并不能画等号。对家人和对谈判对手，哪能一样？周恩来可算是大家，他的表情就丰富得很，并非整天板着阶级斗争的脸。咱们常常羡慕外国的老板当得潇洒，其中重要的一点就是他们真实，当怒则怒，当喜则喜。况且，老板也是人，也有七情六欲。事业做得好，人也要活得自然、自在。"

后来，我和这位老板进行了比较深入的谈话，才明白在他那千篇一律的面具之后，准确地说，既不是焦虑，也不是沮丧，当然更不是安静，而是紧张。

紧张，是现代人逃脱不掉的伴侣。

紧张的时候，我们的心跳加快、瞳孔变大、呼吸急促、血流湍急……我们的思索急迫而锋利，我们的行动敏捷而有力。

"紧张"这个词，很多年以前被写进一所著名大学的校训。我想，那时它一定是有的放矢，有着历史的必然性和辉煌的功绩。

时代在发展，如今，当我们不再从战火和铁血的角度看待紧张，紧张就有了更多值得探讨的意义。

短时间的紧张很好，会使我们焕发出非凡的爆发力。不过，世界上的事情，一蹴而就的肯定有，但终是有限，大量的成功孕育在日积月累的跋涉中。紧张是一百米短跑，成长则是马拉松比赛。长久的紧张如同长久的鞭策一样，是不能维持的，它会导致反应的迟钝。紧张可以应对一时，却无法永恒。

阳光麦田
·美丽乡村助读书系·

紧张是一种无休止的激动，是一种没有间歇的高亢，是一种针插不进水泼不进的致密，是一种应急和应激的全力以赴。

你见过没有起落的江河吗？你听过没有顿挫的乐曲吗？你爬过没有沟壑的山峦吗？你走过没有悲喜的人生吗？

紧张是面具。紧张的下面潜伏着怎样的暗流？换句话说，什么导致我们长久的紧张？

紧张的人，思维是直线而不是发散的，因为他的注意力太集中了，心无旁骛。当我们的视野中只有一个目标的时候，它是收束和狭窄的（不是指远大的唯一的目标，是指运筹帷幄的策略）。我们的显意识之下是深广的潜意识。当紧张的时候，理智和经验就占据了上风，而人类在长久的进化中所积累的本体感觉被抑制和忽略。所以，紧张的人很容易累，因为他是在用百分之五的能力负载着百分之百甚至更高的压力，怎么能不累呢？

紧张的人其实是不安全的。他处于风声鹤唳之中，对自己的位置和处境有深深的忧虑。他大张着自己所有的感官——眼睛瞪着，耳朵张着，手脚绷紧，呼吸也是浅而快的，他的全身就像一架打开的雷达，侦察着周围的一草一木。

他承受着以往的重担,关注着周围的一举一动,无法平和地看待他人和看待自己。紧张的人睡眠通常不良,因为在睡梦中,他也不由自主地睁着半只眼睛。

打个比喻,什么动物最易于紧张呢?通常一下子就会想起老鼠、兔子、麻雀之类的,大都是弱小的、谨慎的、没有强大的防御能力的生灵。如果是老虎、狮子、大象,甚至蟒蛇,我们想起它们的时候,可以觉得它们懒洋洋或佯装安宁,但我们不会浮现出它们是紧张的这样一个印象。在突袭猎物的时候,它们快则快矣,狠则狠矣,你可以痛恨它,但它依然是从容的,它们不紧张。

再举南极洲的企鹅为例,这些穿西服的鸟似乎也没有伶牙俐齿可供攻伐猎物与保障自身,胖墩墩的战斗力不强,但是,它们毫无疑问地不紧张。不是来自它们自身的强大,而是没有人类的迫害和袭扰,它们尚不知"紧张"为何物。

所以,紧张不是强大,只是懦弱的一件涂着迷彩的旧风衣。

紧张往往使我们看问题的角度趋向负面。因为不安全,所以防御感强,假如在判断不清的时候,首先断定对方是有敌意和杀伤力的,考虑自己怎样防卫、怎样规避、怎样逃脱……紧张会使我们误会了朋友的友谊，曲解了爱情的试探，加深了创伤的痛楚，减缓了复原的时间。在紧张的时刻，决定往往是短期和激烈的。

紧张的时候，我们无法清晰地聆听到真实的声音，我们自身澎湃的血液主导了我们的听觉。我们看到的可能并非真实的世界，因为自身的目光里已经有了某种先入为主的景象。我们无法虚怀若谷地接纳他人的意见，因为自己的念头依然盘踞在心。我们难以深刻地反省局限，因为注意力全然集中对外，内心演出了一场"空城计"……紧张如同凹凸镜一般，真实的世界变形了，让我们进入高度的戒备状态。

紧张的人，是很难和别人和睦相处的。紧张的人，通常落落寡合慎言忧郁。紧张的人，孤独寂寞。他们可以置身于灯红酒绿、车水马龙当中，但他们的心多疑多虑，缩成一块石头。

人们很推崇一个词——大将风度，我以为其中极重要的组成部分就是不紧张。每一行中真正的高手，几乎都是举重若轻、温柔淡定的。草船借箭诸葛空城，功夫在诗外，无论形势多么危急，他们都成竹在胸。无论己方多么孤立，他们胜券在握。哪怕局面间不容发，他们都眼观六路、耳听八方，大将不紧张。

没有少作

题 记

> 我并不觉得年龄太小的时候,在没有名师指点的情形下,阅读名著是什么好事。那时的囫囵吞枣,使我对某些作品的理解终生都处在一种儿童般的记忆之中。

我开始写作的时候,已经很老,整整三十五周岁,十足的中年妇女了。就是按照联合国最宽松的年龄分段,也不能算作少年,故曰没有少作。

我生在新疆伊宁,那座白杨之城摇动的树叶没给我留下丝毫记忆。我出生时是深秋,等不及第二年新芽吐绿,就在襁褓中随我的父母跋山涉水,来到北京。我在北京度过了整个童年和少年时代，但是我对传统的北京文化并不内行，那是一种深沉的底色，而我们是漂泊的闯入者。部队大院好像来自五湖四海的风俗汇集的部落，当然，最主要的流行色是严肃与纪律。那个时代，军人是最受尊敬的阶层。我上学的时候，成绩很好，一直当班主席，少先队的大队长。全体队员集合的时候，要向大队辅导员汇报情况，接受指示……充其量是一个"孩子头"。但这个学生中最骄傲的位置，持久地影响了我的性格，使我对夸奖和荣耀这类事，像打了小儿麻痹疫苗一般，有了极强的抵抗力。人幼年时候受过艰苦的磨难固然重要，但尝过出人头地的滋味也很可贵。当然，有的人会种下一生追逐名利的根苗，但也有人会对这种光环下的烟雾，有了淡漠它、藐视它的心理定力。

我中学就读于北京外语学院附属中学。它是有十个年级的一条龙多语种的外语专门学校，毕业生多保送北京外国语大学，对学生进行的教育是长大了做红色外交官。学校里有许多显赫子弟，家长的照片频频在报纸上出现。本来，父亲的官职已令我骄傲，这才第一次认识到了"山外有山，天外有天"，虚荣之心因此变平和了许多。我们班在小学戴三道杠的少说也有二十位，正职就不

精神的三间小屋·毕淑敏

下七八个,僧多粥少,只分了我一个中队学习委员。不过,我挺宁静,多少年来过着管人的日子,现在被人管,真是省心。上课不必喊起立,下课不必多做值日,有时也可扮个鬼脸耍个小脾气,比小学时众目睽睽下以身作则的严谨日子自在多了。不过,既然做了学习委员,学习必得上游,这点自觉性我还是有的,便很努力。我现在还保存着一张那时的成绩单,所有的科目都是五分,唯有作文的期末考试是五减。其实,我的作文常作为范文,只因老师期末考试时闹出一个新花样,考场上不但发下了厚厚一沓答卷纸,还把平日的作文簿也发了下来,说此次考试搞个教改,不出新题目了,自己参照以前的作业,拣一篇写得不好的作文,重写一遍,老师将对照着判分,只要比前文有进步,就算及格。一时间,同学们欢声雷动,考场里恐怖压抑的气氛一扫而光。我反正不怕作文,也就无所谓地打开簿子,不想一翻下来,很有些为难。我以前所有的作文都是五分,慌忙之中,真不知改写哪一篇为好。眼看着同学们唰唰动笔,只得无措地乱点一篇,重新写来。判卷的老师后来对我说,写得还不错,但同以前那篇相比,并不见明显的进步,所以给五减。我心服口服。那一篇真是不怎么样。

阳光麦田
·美丽乡村助读书系·

我并不觉得年龄太小的时候,在没有名师指点的情形下,阅读名著是什么好事。那时的囫囵吞枣,使我对某些作品的理解终生都处在一种儿童般的记忆之中。比如我不喜欢太晦涩太具象征意味的作品,也许就因为那时比较"弱智",无法咀嚼出其微言大义。我曾清清楚楚地记得我对想听《罪与罚》的同学讲,它可没意思了……至今惭愧不已。

1969年2月我从学校应征入伍,分配到西藏阿里高原部队当卫生员。以前我一般不跟人说"阿里"这个具体的地名,因为它在地图上找不到。一个名叫"狮泉河"的小镇标记,代表着这个三十五万平方千米的广袤高原。西藏的西部,对内地人来说,就像非洲腹地,是个模糊所在,反正你说了人家也不清楚,索性就不说了。自打出了一个孔繁森,地理上的事情就比较有概念了,知道那是一个绝苦的荒凉之地。距今二十多年以前的藏北高原,艰苦就像老酒,更醇厚一些。我在那支高原部队里待了十一年。之所以反复罗列数字,并非炫耀磨难,只是想说明,那段生活对于在"温柔乡"里长大的一个女孩子,具有怎样惊心动魄的摧毁与重建的力量。

我的童年和少年时代，充满了爱意和阳光。父母健在，家庭和睦，身体健康，弟妹尊崇，成绩优异，老师夸奖。我那时幼稚地想，这个世界上的社会主义国家只有两个，中国和阿尔巴尼亚。那盏亚德里亚海边的明灯虽然亮，规模还是小了一点，当然是生在中国为佳了。长在首都北京，就更是幸运了。学上不成，出路无非是上山下乡或是到兵团，能当上女兵得百里挑一，这份福气落到了我的头上，应该知足啊……

　　在经过一个星期的火车、半个月的汽车颠簸之后，五个女孩到达西藏阿里，成为这支骑兵部队有史以来第一批女兵，那时我十六岁半。

　　从京城生活优裕的学外语女孩，一下子"坠落"到祖国最边远"不毛之地"的卫生员（当然，从海拔的角度来说是上升了，阿里的平均高度超过了五千米），我的灵魂和肌体都受到了极大震动。也许是氧气太少，我成天迷迷糊糊的，有时竟望着遥远的天际，面对着无穷无尽的雪原和高山，心想："这世界上真还有北京这样一个地方吗？以前该不是一个奇怪的梦吧？"只有接到家信的时候，才对自己的过去有一丝追认。

阳光麦田
·美丽乡村助读书系·

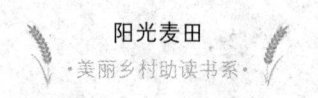

　　我被雪域的博大精深和深邃高远震慑住了。在我短暂的生命里，不知道除了灯红酒绿的城市，还有这样冷峻严酷的所在。这座星球凝固成固体时的模样，原封不动地保存着，未曾沾染任何文明的霜尘。它无言，但是无往而不胜。和它与天同高与地齐寿的沧桑相比，人类多么渺小啊！

　　我有一件恒久的功课，就是——看山。每座山的面孔和身躯都是不同的，它们的性格脾气更是不同。骑着马到牧区送医送药时，我用眼光抚摸着每一座山的脊背和头颅，感到它们比人类顽强得多，永恒得多。它们默默无言地屹立着，亿万斯年。它们诞生的时候，我也许只是一段氨基酸的片段，无意义地飘浮在空气中，但此刻已幻化成人，骄傲地命名着这一座座雄伟的山。生命是偶然和短暂的，又是多么宝贵啊！

　　有人把宇宙观叫作世界观，我想这不对。当我们说到世界的时候，通常指的是熙熙攘攘的人类世界。当你处在城市和文明之中的时候，你可以坚定不移地认为，宇宙就是世界，世界就是宇宙，它们其实指的就是我们这颗地球。但宇宙实在是一个比世界大无数倍的概念，它们之间是绝不可画等号的。通过信息和文字，你可以了解世界，但只有亲身膜拜大自然，才能体验到什么是宇宙。

我还没有听什么人说过他到了西藏，能不受震撼地原汤原汁地携带着自己的旧有观念返回城市。这块地球上最高的土地，把一种对于宇宙和人自身的思考，用冰雪和缺氧的形式，强硬地灌输给每一个抵达它的海拔的头脑。

对于一个十六岁的女孩来说，这种置换几乎是毁灭性的。我在花季的年龄开始严峻郑重地思考死亡，不是因为好奇，而是它与我前后相继，如影随形。高原缺氧，拉练与战斗，无法预料的"高原病"……我看到过太多的死亡，以至于有的时候，都为自己依然活着深感愧疚。在那里，死亡是一种必然，活着倒是幸运的际遇了。君临一切的生死忧虑面前，我已悟出死亡的真谛，与它无所不在的黑翅相比，个人所有的遭遇都可淡然。

现在我要做的事，就是返回来，努力完成生命给予我的缘分。我是一个很用功的卫生员，病人都说我态度好。这样，我很快入团入党，到了1971年推荐第一批工农兵学员上军医大的时候，人们不约而同地举荐了我。一位相识的领导对我说："把用不着的书精简一下，过几天有车下山的时候,你就跟着走了,省得到时候抓瞎。"

我并没有收拾东西,除了士兵应发的被褥和一本卫生员教材,我一无所有,可以在接到命令半小时之内,携带全部家当迁到任何地方去。我也没有告诉家里,因为我不愿用任何未经最后认证的消息骚扰他们,等到板上钉钉时再说不迟。

几天,又几天过去了。我终于没有等到收拾东西的消息,另外一个男卫生员搭顺路的便车下山,到上海去念大学了。我甚至没去打听变故是为什么,很久之后才知道,在最后决策的会议上,一位参加者小声说了一句:"你们谁能保证毕淑敏在军医大学不找对象,三年以后还能回到阿里?"一时会场静寂,是啊,没有人能保证。这是连毕淑敏的父母、毕淑敏自己都不能预测的问题。假如她真的不再回来,雪域高原好不容易得到一个培训名额,待学业有成时就不知便宜了哪方热土。给我递消息的人说,当时也曾有人反驳,说她反正也嫁不到外国去,真要那样了,就算为别的部队培养人才吧。可这话瞬间被窗外呼啸的风雪声卷走,不留一丝痕迹。

我至今钦佩那时的毕淑敏,没多少阅历,但安静地接受这一现实,依旧每天平和地挑着水桶,到狮泉河畔的井边去挑水(河旁的水位比较浅),供病人洗脸洗衣。挑满那锈迹斑斑的大铁桶,需要整整八担水。女孩其实是不用亲自挑水的,虽然那是卫生员必需的功课。只要一个踌躇的眼神、一声轻微的叹息,绝不乏英勇的志愿者。能帮女兵挑水,在男孩子那里,是巴不得的事。

山上的部队里有高达四位数字的男性,只有一位数字的女兵,性别比例严重失调。军队有句糙话,叫"当兵三年,老母猪变貂蝉"。每个女孩都确知自己的优势,明白自己有资格颐指气使,只要你愿意,你几乎能够指挥所有的人,得到一切。

我都是独自把汽油桶挑满,就像按时完成家庭作业。在海拔五千米的高原上,我很悠闲地挑着满满两大桶水安静地走着,换肩的时候十分轻巧,不会让一滴水泼洒出来。我不喜欢那种一溜小跑像逃窜的挑水姿势,虽说在扁担弹动的瞬间,会比较轻松,但那举止太不祥和了。我知道在我挑水的时候,有许多男性的眼光注视着我,想看到我窘急后伺机帮忙。

在我的有生之年,凡是我自己能做到的事情,都不会假手他人。这不但是一种自律,而且是对别人的尊重。如果凭自己的努力，已无法完成这一工作，我就会放弃。我并不认为不达目的决不罢休是一种良好的生活状态，它过于夸大人的主观作用，太注重最后的结局了。在一切时候，我们只能顺从规律，顺从自然。

开始学做卫生员，没有正规的课堂，几乎像小木匠学徒一样，由老医生手把手地教。惊心动魄的解剖课，其真实与惨烈，任何医科大学都不可比。记得有一个肝癌患者故去，老医生对我们说："走，去看看真正的恶性肿瘤。"牧人的家属重生不重死，他们把亲人的遗体托付给金珠玛米（解放西藏后，解放军的专有称呼，意思是救苦救难的菩萨兵），活着的人赶着羊群逶迤而去。金珠玛米们把尸体安放在担架上，抬上汽车，向人迹绝踪的山顶开去。

那是我第一次与死人相距咫尺，我昨天还给他化验过血，此刻他却躺在大厢板上，随着车轮的每一次颠簸，像一段朽木在白单子底下自由滚动。离山顶还有很远，路已到尽头，汽车再无法向前。我们把担架抬下来，高托着它，向山顶攀去。老医生问："你抬前架还是后架？"我想想，说："后面吧。"因为抬前面的人负有使命，需决定哪一座峰峦才是这白布下的灵魂最后的安歇之地，我实在没有经验。

灵魂肯定是一种有负重量的物质，它离去了，人体反而滞重。我艰难地高擎担架，在攀登的路上竭力保持平衡。尸体冰凉的脚趾隔着被单颤动着，坚硬的指甲鸟喙一样点着我的面颊。片刻不敢大意，我紧盯着前方人的步伐。倘若他一个失手，肝癌牧人非得滑坐在我的肩膀上。

山好高啊，累得我几乎想和担架上躺着的人交换位置。老医生沉着地说："只有到了最高的山上，才能让死者的灵魂飞翔。我们既然受人之托，切不可偷工减料。"

终于，到了伸手可触天之眉的地方。担架放下，老医生把白单子掀开，把牧羊人铺在山顶的砂石上，如一块门板样周正，锋利的手术刀口流利地反射着阳光，遽然划下……他像拎土豆一般把布满肿瘤的肝脏提出腹腔，仔细地用皮尺量它的周径，用刀柄敲着肿物，倾听它核心处混沌的声响，一边惋惜地叹道："忘了把炊事班的秤拿来，这么大的癌块，罕见啊……"

望着牧人安然的面庞，他的耳垂上还有我昨日化验时打下的针眼，粘着我贴上去的棉丝。因为病的折磨，他瘦得像一张纸。尽管当时我把刺血针调到最轻薄的一档，还是几乎将耳朵打穿。

阳光麦田
·美丽乡村助读书系·

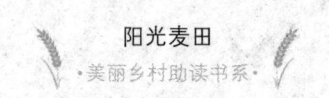

他的凝血机制已彻底崩溃，稀薄的血液像红线似的无休止流淌……我使劲用棉球堵也没用，枕巾成了湿淋淋的红布。他看出我的无措，安宁地说："我身上红水很多，你尽管用小玻璃瓶灌去好了，我已用不到它……"

面对苍凉旷远的高原，俯冲而下乜视的鹰眼，散乱山之巅的病态脏器和牧羊人颜面表皮层永恒的笑容，在那一瞬间，我明白了什么叫作"生命"。

一个人在非常年轻的时候洞彻生死，实在是一种大悲哀，但你无法拒绝。这份冰雪铸成的礼物，我只有终生保存，直至重返生命另外形态的那一天。

我的一首用粉笔写在黑板报上的小诗，被偶尔上山又疾速下山的军报记者抄了去，发在报上。周围的人都很激动，那个年代铅字有一种神秘神圣的味道。我无动于衷，因为那不是我主动投的稿，我不承认它是我的选择。以后在填写所有写作表格的时候，我都没写过它是我的处女作。

我终于凭着自己的努力上了学，在学校的时候，依旧门门功课优异，这对我不是一件很难的事情。我成了一名军医，后来，结婚生子。到了儿子一岁多的时候,我从北京奶奶家寄来的照片上,发现孩子因为没有母亲的照料,有明显的佝偻病态。我找到阿里军分区的司令员,对他说:"作为一名军人,为祖国,我已忠诚地戍边十几年。现在,我想回家了,为我的儿子去尽职责。"他沉吟了许久说:"阿里很苦,军人们都想回家,但你的理由打动了我。你是一个好医生,幸亏你不是一个小伙子,不然,我无论如何也不会放你走。"

回到北京。很长一段时间内,我学烹调,学编织,学着做孩子的棉裤和培育开花或是不开花的草木……我极力想纳入温婉女人的模式,甚至相当成功地做到了这一点。我发的绿豆芽雪白肥胖,自给有余外,还可支援同事的饭桌,大伙说可以到自由市场摆个地摊啦!

唯有我自己知道,在我的脉管深处,经过冰雪洗礼的血液已不可能完全融化,有一些很本质的东西发生过,并将永远笼罩着我的灵魂。在寒冷的高处,有山和士兵,有牧羊人和鹰呼唤着我,既然我到达过地球上最险峻的雪域,它就将一种无以言传的使命赋予我。

我开始做准备，读文学书，上电大的中文系……对于一个生活稳定、受人尊重的女医生来说，实有"不务正业"之嫌，我几乎是在"半地下"的状态中做这些事，幸好我的父母我的丈夫给予我深长的理解和支持。这个准备过程挺长，大约用了一个孩子从一年级到小学毕业的时间。当助跑告一段落的时候，我已人到中年。

在一个很平常的日子里，正好我值夜班，没有紧急病人。日光灯下铺开一张纸，开始了我第一篇小说的写作。

关于以后的创作，好像就没有多少可说的了，我按部就班地努力写着，尽量做得好一些。只要自觉尽了力，也就心安。已经走了很长的路，假如没有意外，还有很长的路要走。

我写的文字能印在报刊上这件事，我的父母很看重，这是我始料不及的。我的那些并不成熟的作品，曾给我重病中的父亲带来由衷的快乐，他嘱咐我要好好地写下去。父亲已经远行，最后的期望在苍茫的天穹回响。为了不辜负他们的目光，我将竭尽全力。

认真地生活和写作，以回答生命。当我写作第一篇作品的时候，就是这样想的，现在依然这样想。

每个人心中都有一个本子

题记

它不是日记,没有个人生活的流水账,但却能从里面看出生命的过程。

一次我应邀在电台直播,谈些人生感悟什么的。不时有听众的热线打进,大家就聊天。突然,一个很细弱的女声传来,说,毕老师,我有一个本子,不知该怎么办,你能帮我想个主意吗?

我问,什么本子呢?

她说,就是那种老式的本子,每个人年轻的时候,都有的那种本子。我想,你也曾有过的。

我的心像古老的张衡发明的蛤蟆状地动仪一样,接收到一颗铜球,激烈地共振了一下。我知道她所说的那种本子,我确实有过那种本子。我说,啊,是。我知道,我有过。你打算让我给你出个什么主意呢?

她一口气说下去,不再停歇。看来,她为这个问题,思虑很长时间了。

没有人需要这种本子了,这种本子太老土了。我有时翻翻,也觉得特可笑,却想,可不能把它扔了,烧了,里头藏着我年轻时的梦。多不容易搜集来的呀!我那时用功着呢,别人看电影,我不去,一笔一画地抄呀抄。现在一看,挺幼稚的,可我不忍心把它毁了,心血啊。还抄了不少景物和人物描写,比如《创业史》里徐改霞的长相,《林海雪原》里少剑波如何英俊……还有气象谚语,像"天上鲤鱼斑,晒谷不用翻""天上鱼鳞斑,不雨也风颠"……我那时就分辨不清鲤鱼斑和鱼鳞斑有什么不同,天气好坏能差那么多吗?想了多年,也闹不明白。如今,也不用想了。有了天气预报,什么都简单了。本子还有什么用?再没人需要它了……

我听着,不知如何回应,只有陪着叹息。从她透露的摘抄词,再听她的声音,我判断她早已不年轻。有些人生的纪念物,对自己是宝，对他人只是废物。

也许，怀旧的人，可以在自己的家里，建一所微型的历史博物馆？我本想这样说，但一想到这个年纪的中国妇女，一般不惯幽默。不知人家住房是否宽敞，可有这份闲心？要是碰上个下岗女工，反触动了伤心处。于是只有以沉默相伴。

她突然很热切地说，想了很长时间，我决定把本子寄给你。那里面有关文学的描写，对你的写作肯定会有帮助的。

我微微地苦笑了。这种描写，对我不会有实际用处。但这是一个直播节目，我们的对话，已通过电波飞进万千人的耳朵。我不忍伤害一颗朴素而炽热的心，于是很快地回答说，好啊！谢谢你把这么宝贵的纪念物托付给我，我一定会仔细拜读，妥善保护的。

她接着问了我的工作地址，喃喃地重复着，记录着……其他的电话接踵打进来，她的声音就在鼎沸中湮去了。

几天后，我收到了一个厚厚的包裹，打开来，一个红色的塑料皮笔记本收入眼底。

果然是逝去年代的遗物。扉页上，盖着洇了红油的公章，不太好的墨字写着"奖给劳动模范×××"。这个笔记本不但有着文

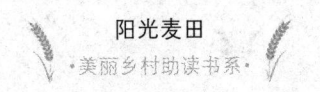

学的意义,还是主人荣光的记载。

我细细地翻看本子。字体从稚嫩到圆熟,抄录的内容也形形色色。它不是日记,没有个人生活的流水账,但却能从里面看出生命的过程。除了文艺书籍的片段,更多的是那个时代流传的一些名人名言。抄录者好像不喜欢按部就班地准确记载,有一些话并不注明出处,使人分辨不清是她抄下的,还是自己创作的。

在人生的前半,有享乐的能力,而无享乐的机会。在人生的后半,有享乐的机会,而无享乐的能力。

——马克·吐温

恕我孤陋寡闻,从来不知马克·吐温有这样一段言论,不知他在何时何地讲的这句话。我虽然很钦佩他老人家的文学成就,但对这段话不敢苟同。我以为,享乐的能力和机会应该是同步的。你用劳动创造机会,同时享乐。把机会和能力割裂开来,大概是20世纪的顺序了。

我想,这段话是本子的主人在年轻时抄录下的吧?那时,她肯定以为自己是不应该享乐的。她以这话激励自己。现在,大约她已到了有享乐机会的年纪了,不知她能否安然享乐。

一个人专心于本身的时候,他充其量也只能成为一个美丽的、小巧的包裹而已。

——罗斯金

又一次惭愧了,不知这位罗斯金是谁。我从这段话里,猜测到主人是相貌普通的女子。在很长的岁月里,她用这话勉励着自己,不愿做一个美丽、小巧的包裹,而期望着是勤奋而努力的战士。

人世间最美丽的情景是当我们怀念母亲的时候。

——莫泊桑

这话非常好。主人在这段语录下,画了代表一条强调意思的曲线。想来,她是一个非常注重亲情的人。她是孝女吧?但也有另一种可能,她从小就失去了母亲。但愿我的后一判断没有误。

在最不尊重人类自由的地方,人们对英雄的崇拜最为炽烈。

——斯宾塞

人之才能,自非圣贤,有所长必有所短,有所明必有所蔽。

——王守仁

当爱情发言的时候,就像诸神的合唱,使整个的天界陶醉于仙乐之中。

——莎士比亚

"为什么美女总是跟庸庸碌碌的男人结婚?""因为,聪明的男人避开跟美女结婚。"

——毛姆

啊,她这一阶段,在谈恋爱吧?还是失恋了?

有朋友的人像草原一样广阔,没有朋友的人像手掌一样狭窄。

与邪佞人交,如雪入墨池,虽融为水,其色愈污。与端方人处,如炭入熏炉,虽化为灰,其香不灭。

——此话无出处

每只鸟都认为自己的声音最美。

——阿拉伯谚语

即使把蛇装进竹管里,它也不会因而变直。

——日本谚语

她是否受到了某种伤害?她挺过来了吧?

她脚上穿的是一双绣了小蓝花的青布鞋,毛蓝布裤子,红罩衣,浅花头帕下拢着浓密的黑发,黑发在脑后梳成一根油亮亮的粗辫子,粗辫从脑后绕到前边,滑过肩头,垂在富于曲线的胸脯上。辫梢扎了个红毛线的蝴蝶结,身材颀长,体态丰满,一对银耳坠垂在秀丽的脸盘旁……

——人物外貌描写

…………

我错落地翻动着本子,无声地读着这些话语,感到一颗心,拖着长长的彗尾,在人生的天际艰难运行。

我很感动,因为自己也有一个这样的本子。从中学时记起,追随我到高原,直至我饱经沧桑。

有一些我们久久蕴积肺腑,却表达不出的心结,被先哲们一语道破,在征途的驿站旁,等着我们路过。当无意间相逢时,心会陡地一颤,紧接着是温暖和相知的潮水涌起。

每个人内心都存着这样的本子,记载着我们尊崇的规则。无论它是否凝结为显形的字迹,都在暗中规定和指挥着我们的思维。

近年,不大有人记这样的本子了。很多人奉行的宗旨,是一

些可做却不可说的秘诀。有一个女孩告诉我,她听从这样一些小技巧:

永远别问理发师你是否需要理发。(他总是说你需要理发。推而广之,不要向可能成为你的对手的人、利益与你相悖的人,请教任何东西。)

美貌是一封无声的推荐信,一旦付出,就要成为定期债券。(在出租相貌的时候,一定要计算出到期的收益。蚀本的生意万不可干。)

烧掉自己最难看的照片。(千万要在第一眼看到之后,就赶快燃起火柴。假装它从来不曾存在过。这会增强自信心。不信,你试试。)

要付的钱晚付,要收的钱早收。

对于狗来说,每一个主人都是拿破仑。

她说,我这些还是比较上得台面的,有的人,干脆只记一句——人不为己,天诛地灭。

我无言。翻看我们心中的本子,会更精练更浓烈地知道我们是怎样的人。

我把红本子珍藏起来。不想一段时间以后,那女子又给我来了一封信,说自从把本子寄给我以后,寝食不安,好像把最珍贵的东西丢了。

真的不是我不相信您,只是我以前没意识到,这本子对我是如此重要。您能把它还给我吗?假如您喜欢其中的某些部分,我可以把它复印了,再给您寄去。我不会要您一分钱的。

我马上把本子挂号寄回并附言,我说,本子我已看完了,对我帮助很大。不必再印了。非常感谢你。我完全能理解你的情感,因为我也有同样的本子。

又过了些日子,我收到了厚厚的邮包。打开来看,那女子把她的笔记本,工工整整地重抄了一份,给我寄来了。

后面多了一句话,没有写明出处,我不知是她自己杜撰的,还是从哪里抄来的。

当你全心全意梦想着什么的时候,整个宇宙都会协同起来,助你实现自己的心愿。

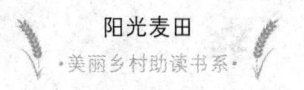

领悟人生的亮色

题 记

十一年艰苦生活的锻炼,是无数人的奉献与牺牲,才使我们懂得做人的责任,领悟到真理与庄严、崇高与伟大、勇敢与坚强的内涵。

毕淑敏:

我是第一次接受女中学生的访问,心情非常激动。在你们提问之前,我先讲两句话:一是,我非常羡慕你们这个年龄。你们会说羡慕什么,我们还羡慕你们呢,可以独立自主,不必事事要听父母摆布。但这羡慕的话绝对是肺腑之言,因为一个人年轻的时候,那种蓬勃的生命力,那种开放的、多方面去锻炼成长、吸收知识、增长聪明才干的时光,不是人生的哪个阶段都能得到的,而这个阶段又是极短暂的,会飞快地逝去。因此,我希望你们珍惜中学时光。

另一句是,女生对世界的感觉往往比男生更细腻更敏感,她是用自己整个的身心去体验生活中的快乐与悲伤,感受成就与挫折,并将之折射进自己的心灵。女性心理上的这种独特性,决定女性时常是凭感情与直觉去把握事物,支配行为。这个世界不是到处都有鲜花,永远是春天,每天都是温暖的,有时会有阴天和冷天,会遇到艰难和曲折,这些对女孩子影响的分量也会更重。因此,女孩子要成就一番事业,一定要有坚强、坚定的意志,才有可能去领悟人生的亮色。

女学生:

谢谢您讲的肺腑之言。我们非常敬重您,喜欢您的作品,羡慕您的丰富经历。您的中学时代是怎样度过的?对您今日的成功有什么影响?

毕淑敏:

我中学就读于北京外语学院附中,校址就在现在的和平门中

阳光麦田
美丽乡村助读书系

学内。三十年前学外语,尤其是从初中就专学外语是很时髦的,也是极难得的机会。考外院附中岂止是百里挑一,那是从四百个人中取一人,我幸运地考上了这所学校。这个学校很怪,男生比例特别大,大约要占百分之七十以上,记得我的班只有九个女生。那时,在中国男士的印象中,没有"女子优先"的意识,作为一个女孩,学习成绩必须特别优秀,否则班上没人重视你的存在。这是一种男女不平等的表现。尽管你们现在面对的世界比我们那时要好得多,但是也不会从天上掉下来一个男女完全平等的生存环境,女性要在世界上安身立命,只有靠自强自立。

就在我读初中时,学校却停课了。我从小就爱学习,各科成绩都不错,但心里仍惧怕考试,尤其是怕外籍老师的考试,因为外籍老师考的内容常常变幻莫测,随心所欲,无法预防。即使平时努力做好准备,考试时仍难对付。正当准备迎考时,突然宣布不上课,不考试了,怎么不让学生高兴呀。可是后来发现,终日聊天无所事事,没有知识的长进,才感到空虚和厌烦。

我的学校有一个很好的图书馆,当时图书馆有条特殊的规定,凡借看一本书,还书时必须交一篇特殊的稿件,否则就不能再借书。苛刻的条件没有阻止我们读书的热情，我们几个女生一窝蜂地跑到图书馆，每人借回一本书，互相传看着。为了取得借书资格，我只好违心写上一篇符合图书馆要求的稿子。记得我当时读的是托尔斯泰的《战争与和平》，于是稿子里就写上：托尔斯泰的《战争与和平》宣扬了资产阶级人道主义，他的错误观念主要表现在如下段落，请见第五十页，下面我就挑上一段托尔斯泰的精彩语句；再见第一百四十五页，下面又是一段原文摘录，而且我抄写得还很工整。由于当时是如饥似渴地读了这些书，又很认真地做了记录，至今书中许多段落我记忆犹新。就这样，我取得了图书馆老师的信任，用这种方法不断地借书——读书——还书。其他同学渐渐地懒得写文章，陆陆续续地不再去图书馆借书了，可是他们又想知道书中的内容，于是同宿舍的同学出了一个主意："让毕淑敏每天晚上给大家讲小说中的故事。"这样，就像长篇小说连续广播似的，我每天给大家讲上一小时，从未间断过。我讲过雨果的《笑面人》，听过我讲这篇小说的一位同学，现在在美国，她告诉我，听了我讲的之后，她就再不想看原著了，因为印象太深了。回想起来，同学们的这个主意，还真让我受益匪浅，因为我不仅要天天看书,还要认真读懂;不仅要记牢,而且要把故事完完整整地复述出来。在这两三年里,虽然停课了,可我却通过这种自学方式,读了大量名著,讲了许多故事,从而打好了文学功底,提高了语言表达能力。名著是前人以智慧的头脑把对人生的感悟、对世界的体验,用文字记载下来。它像一把火炬照亮人生、启迪后人,这是人类文明的传递,也是人自我完善的火种。

女学生:

听说您当过兵,做过军医,又在西藏阿里生活了十一年,您觉得这种生活的价值是什么?

毕淑敏:

我出生在一个军人家庭,如果说我的良好教养、善良品格受之于我的父母,那么成就我的事业、奠定我的人生价值的应该是中国西部的阿里高原,是她在我心中留下了刻骨铭心的印记。

那是1968年年底,冬季征兵开始。我当时确实挺想当兵,一是到了部队可以发衣服,二是可以不去农村插队。十六岁的我,身体特别棒,一米七〇的个头,体检不仅合格,而且还是特别棒,因此我被分到了西藏阿里地区，就是孔繁森后来工作过的地方。

穿上绿军装的那天，我们这些新兵就踏上了西行的路。满以为乘军列可以直达新疆乌鲁木齐，没想到军列竟站站停车让行。好不容易才到了目的地，一部分女兵留在这里，另一部分要翻过天山到南疆喀什。这段路程更难走，没有了火车，要坐六天汽车，我又晕车，那种难受的劲头，不堪回首。到了喀什进行短暂的新兵训练后，只挑五个女兵去阿里当卫生兵。许多人表决心，写决心书，争着抢着要当卫生兵。我没有表态，倒不是害怕去阿里，而是不想当卫生兵，我觉得整天和愁眉苦脸的病人打交道，不如当通信兵爬电线杆自在。万万没想到这次却挑到我头上了。那时我们没有选择的自由，只有服从安排。

我前面讲羡慕你们，还包括羡慕你们今天有许多选择的机会，未来的命运是掌握在你自己的手里。你喜欢做什么，是科学家，还是工程师，你只要好学上进，脚踏实地去努力，就一定能够实现自己的愿望。要知道，一个人一生能从事自己所爱好的又对人类有用的职业，是非常幸福的事。不过，无论是现在还是将来，人的一生总会遇到不遂个人心意的安排，那么你该怎么办？

当时，我是一方面服从安排，努力做好卫生兵的工作，另一方面没有放弃个人的目标与爱好，并为将来有机会实现个人目标创造条件。后来，我被任命为卫生兵班的班长，踏上了去阿里的山路。

阿里，平均海拔五千米，是地球上海拔最高的地区，面积有三十五万平方千米，相当于江苏省面积的三点五倍，而人口却只有三万人，是中国最地广人稀的地方。从北京这个文明繁华的都市，一下子来到中国最荒凉、最偏远、杳无人烟的地方生活，反差太大了。在这里，放眼望去是无穷无尽的高山、千年不化的寒冰，然而却难以见到生命的痕迹。在这里生活是极其艰难的，一年四季，穿着一身无法更换的棉衣。在这里行军拉练，一天竟要走一百二十千米路。这在平原走起来都吃不消，而在高原缺氧的情况下，还要负重，扛着枪、卫生箱、饭锅、米袋和棉靴，这对一个女兵来说，又是何等艰苦。在那种恶劣的环境下，又在超越了生命承受的极限时，我甚至有过死的念头。行军休息，一坐下去就再也不想起来了，可是那寒冷的地方，行军时可以穿单鞋，休息时立即要换上棉靴，否则脚就会被冻坏。这里终年难以吃上一口青菜，更没有零食，仅有的脱水菜，一旦泡出来就成了烂泥，难以下咽。许多战友将年轻的生命永远地留在了那冰川雾岭之间。

我当卫生员，为了掌握医学知识，就要学人体解剖学。我们是在医生的带领下，抬着尸体爬到高山顶上，才有机会认识人的机体内各种器官、神经、血管的部位与特征，这是在战胜险恶、恐惧后，才获得与积累的医疗经验。

在这片广袤无垠的高原上，十一年艰苦生活的锻炼，是无数人的奉献与牺牲，才使我们懂得做人的责任，领悟到真理与庄严、崇高与伟大、勇敢与坚强的内涵。人生可能有许多事情难以选择和把握，但有一点是可以选择和把握的，那就是自己对人生的态度。只有积极地、向上地、友善地、努力地、乐观地、充满信心地去对待生活，人生才会有亮色，这也是我这段西部生活的价值。

女学生：

请给我们介绍一下您的第一部作品《昆仑殇》的创作过程，以及您的处女作是怎样出版的。

毕淑敏：

1980年，我从西藏阿里转业回北京。此前，我在部队的医学院校进行过系统的专业学习，成了一名医生，因此回京后，我被分在一家工厂的卫生所做内科主治医生，后来又当上了卫生所所长。回京也好，当医生、所长也好，我魂牵梦萦的仍然是西藏阿里的那段生活，它留在我生命中的痕迹太深刻了，我非常想把那里的故事告诉别人，我想把它写出来。

人做任何事情前，当然应冷静地想想自己的底儿怎样。我当医生很自信，是个态度与医术都不错的医生。可是要写书了，心中就没有了底。因为我没读过大学中文课，写作的底子又薄，于是我决定在从医的同时，自学电大中文系的课程。电视大学的教学方式很好，采取一种开放的、灵活的教授形式，我只用了一年半的时间就把原来需要三年学完的课程全部读完了，而且成绩还很好。

那时，我一个学期主修了九门课，老师感到很惊奇，因为脱产的学生一学期一般也就能学完五门课。由于我的学习态度好，不是为了文凭，而是为了积累自己的本事，为了把那些刻骨铭心的阿里生活早些写出来告诉世人,所以在学习上不敢有丝毫懈怠,有些知识老师说不重要(对考试而言),我仍然认真对待它。

1986年,在我三十四岁时,我开始了小说《昆仑殇》的写作。我把这部小说的结构、语言、情节、故事、人物、对话等等小说必备的要素,都想得比较清楚,然后再把它组合起来。由于写的是我的生活的真实经历与感受,所以写得很顺利、流畅,一气呵成。

小说写成后,面临一个大问题就是向哪家出版社投稿。我的朋友、亲戚都来帮我出主意。当时,大家有一种担心,怕和出版社没有关系,出版社不理睬我的稿件,就纷纷帮我找关系。而我这时反而十分冷静,我决定什么后门也不找,我就是要拿着自己的稿件,请素昧平生的编辑部的人来鉴定我的作品。我写这部小说,是因为我热爱曾经有过的生活,热爱写作,没有任何功利思想,是受一颗圣洁的心灵的驱动。如果在我热爱的事业中,掺进我不喜欢的举动,这就是对我圣洁心灵的亵渎,我不能这样做。于是,我把稿子投寄到解放军文艺出版社的一份刊物——《昆仑》杂志,这是全军唯一的大型文艺刊物。

稿子寄出后，大概是第三天，我得到出版社的回信，上面写着："毕淑敏同志，来稿收到，当日读完，被本文庞大的气势和沉重的主题所震撼，请速来编辑部。"并要求我偕同丈夫一起去编辑部面谈稿件修改事宜。这使我大惑不解，为什么这事还要丈夫保驾？后来，解放军文艺出版社的社长告诉我，他们当时看到这篇小说后，觉得写这篇作品的作者至少有十年的创作经验，他们不相信作者是一位初学写作的人；另外，文中写到的那种艰苦卓绝的军旅生活，不可能出自一位女作者之手，他们怀疑是我的丈夫替我写的。在编辑部交谈的过程中，每个细节，我都侃侃而谈，而我的先生则在一旁进入了半睡眠状态，他们这才相信作者真的是我。这就是最初写作与出版的过程。

顺便提一句，从那时起至后来十余年写作的时间里，我写了不少小说与散文，大约两百万字。其间，我觉得自己的文学功底还需加强，就又去考研，攻读了文学硕士学位。

女学生：

您的作品写了许多震撼人心的人物，他们在现实中是否都有生活原型？一个作家怎样才能写出对公众有益的好作品？

毕淑敏：

我的作品如果是散文，基本都是真实的，因为散文往往是人的真情的表达，它以真实为前提，真实是散文的一种品格。而小说体裁，会有一些虚构的人物、场景、情节、故事等。无论是散文还是小说，都是心灵深处有感而发的。从这个意义上讲，作者在散文、小说中表达出来的情感都是真实的。

谈到如何把作品写好，我赞同一位老作家的意见，作家应该把对于人的关怀和热情、悲悯化为冷静的处理。作家不是牢骚满腹、呻吟颤抖、刺头反骨、躁狂的"伟人"。我借用这话来说明作家的社会责任，或者讲作者写作应有的态度，没有这种责任和态度是难以写好作品的。

记得有这样一句话：世界上并不缺少美，而是缺少发现。这话听起来好像很抽象，其实在生活中，我们对周围发生的事，虽有多种多样的看法，但更重要的是能发现一些新见解、新认识。作为作者或作家，一定要在自己的文章中表达和凸显自己独特的认识。一个作品最忌讳没有新意，只是重复别人的陈词。

比如，人对死亡的恐惧是一种普遍心理，我作为一名医生，

阳光麦田
美丽乡村助读书系

行医二十多年，看到人在生命的晚期，那种苍凉、恐惧的表现，对活着的人和即将离去的人造成的心理压力都是极大的，因此，我写了《预约死亡》这篇小说。我把死亡看成人成长的最后阶段，死亡不是不可思议的，而是很正常的生命现象。对于死亡，人们应有一种冷静、镇静的态度，从而有尊严地度过一生，有尊严地走过人生的最后阶段。这是我的见解，这是我作为作家要用笔传达的对死亡的关怀，对人健康心理的关注。

女学生：

假如您的作品没有被出版社选中，假如您的文章没有被读者认同，您会如何对待？

毕淑敏：

这个问题我已经被人问过很多次，我觉得要试着去干一件事，总会有两种可能，一种是完全没有经验，就试着干，叫摸着石头过河，一次不成功，我再做，两次不成功，我还做，一直干下去。我好像不是这种类型的人，我喜欢在我已知的情况下，或者说是做好所有的准备工作的前提下，才开始去干。就像跳高一样，有的人跳一米的高度，跳了很多次都跳不过去，也许在跳过二十次后，才跳过去。而我首先会在跳高前揣摩优秀跳高运动员的跳跃姿势，然后会去模仿，再试着做一下助跑，领会要领之后，我再去跳。第一次跳，我起码要有百分之五十的把握，如果是完全没有把握的事，我不会去做。

我学习写作时已三十四岁了，如果再年轻一些，可以更激进些，初生牛犊不怕虎嘛。由于年龄所限，我就要做更完善、更全面的准备，因此写作前我读电大，写作中又读文学硕士学位，这都是在做起跳的准备。

有人还问过我，如果当时你一投不中、二投不中、三投不中，你会怎么办？我估计三投不中，我就不干了，因为我已尽了所有的努力。比如一投不中，我会想是不是编辑眼光不行，我可能要找其他编辑部；如果大家都看不中，说明我不是写作的材料，我会激流勇退的。

一次，一位外国学者问我，你是否想过要获得诺贝尔奖。我直截了当地告诉他："没有想过。"这位学者很奇怪，他说："不想获大奖，你如何去努力呢？"我的回答是："这好比我们这些人，谁都不可能打破刘易斯、约翰逊的百米世界纪录，但这并不影响我们每个人竭尽全力去跑出自己的百米最好成绩。"因为我们每个人都要珍惜生命，珍惜上天给我们的这份经历，珍爱自己的爱好，全力以赴，努力达到我们可能达到的最好成绩，这就是人的生命意义之所在。而不一定要以外在的某种框架和他人的评价，作为自己是否成功的标准。我们不仅要注重收获，更要注重耕耘。

带上灵魂去旅行

题记

据说古老的印第安人有个习惯,当他们的身体移动得太快的时候,会停下脚步,安营扎寨,耐心等待自己的灵魂前来追赶。

人的知识永远是不完备的,他无法知道一个地区或是一个时代,是否就是空间和时间的全部。在这个意义上讲,我们每个人都是井底之蛙,所不同的只是栖息的这口井的直径大小而已。每个人也都是可怜的夏虫,不可语冰,于是,我们天生需要旅行。生为夏虫是我们的宿命,但不是我们的过错。在夏虫短暂的生涯中,我们可以和命运做一个商量,尽可能地把这口井掘得口径大

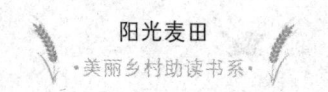

一些，把时间和地理的尺度拉得伸展一些。就算最终不可能看到冰，夏虫也可以力所能及地面对无瑕的水和渐渐刺骨的秋风，想象一下冰的透明清澈与"冻"彻心扉的寒冷。

旅行，首先是一场体能的马拉松，你需要提前做很多准备。依我片面的经验，旅行的要紧物件有三种。第一，当然是时间。人们常常以为旅行最重要的前提是钱，于是就把攒钱当成旅行的先决条件。其实，没有钱或是只有少量的钱，也可以旅行。关于这一点，只要你耐心搜集，就会找到很多省钱的秘籍。如果把一个人比作一辆车，驱动我们前行的汽油，并不是金钱，而是时间。这个道理极其简单，你的时间消耗完了，你任何事都干不成了，还奢谈什么旅行呢？或者说，那时的旅行只有一个方向，就是地心了。

第二桩物件，是放下忧愁。忧愁是旅行的致命杀手，人无远虑，乃可出行。忧愁是有分量的，一两忧愁可以化作万朵秤砣，绊得你跌跌撞撞鼻青脸肿。最常见的忧愁来自这样的思维：把这笔旅游的钱省下来可以买多少斤米多少篓菜，过多长时间丰衣足食的家常日子。将满足口腹之欲的时间当作计量单位，是曾经有用现在却不必坚守的习惯。很多中国人一遇到新奇又需要破费的事儿，马上把它折算成米面开销，用粮食做万变不离其宗的度量衡。积谷防饥本是美德，可什么事都提到危及生命安全的高度来考虑，活着就成了负担。谁若一意孤行去旅行，就咒你将来基本的生存都要打折，食不果腹衣不蔽体流落街头……别怪我说得凄惶，如果你打算做一次比较破费的旅行，你一定会听到这一类的谆谆告诫。迅即把诸事折合成大米的计算公式，来自温饱没有满足的农耕时代遗留下来的精神创伤。如果你一定要把所有的钱，都攒起来用于防患于未然，这是你的自由，别人无法干涉。可你要明白，身体的生理机能满足之后，就不必一味地再纠结于脏腑。总是由着身体自言自语地说那些饥饱的事儿，你就灭掉了自己去看世界的可能性，一辈子只能在肚子画出的半径中度过。这样的人生，在温饱还没有解决的往昔，是不得已而为之，甚至可能成为能优先活下来的王牌。在今天，就有时过境迁过于迂腐之感了。

第三桩事儿，是活在身体的此时此刻。此话怎讲？当下身体不错，就可以出发，抬腿走就是，不必终日琢磨以后心力衰竭的呕血和罹患癌症的剧痛。我琢磨着自己还有能力挣出些许以后治

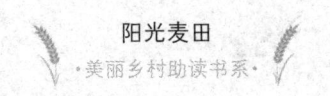

病的费用，我相信国家的社会保障机制会越来越好。我捏捏自己的胳膊腿，觉得它们尚能禁得住摔打，目前爬高上低餐风宿露不在话下。若我以后真是得了多少万元人民币也医不好的重症，从容赴死就是了，临死前想想自己身手矫健耳聪目明时，也曾有过一番随心所欲的游历，奄奄一息时的情绪，也许是自豪。

我是渐渐老迈的汽车，所剩油料已然不多。我要精打细算，小心翼翼地驱动它赶路。生命本是宇宙中的一瓣微薄的睡莲，终有偃旗息鼓闭合的那一天。在这之前，我一定要抓紧时间，去看看这四野无序的大地，去会一会先辈们留下的伟绩和废墟。

终于决定迈开脚步了，很多人有个习惯，出远门之前，先拿出纸笔，把自己要带的东西都一一列出。旅游秘籍中，传授这种清单的俯拾皆是。到寒带，你要带上皮手套雪地靴；到热带，你要带上防晒霜太阳镜驱蚊油。就算是不寒不热的福地，你也要带上手电筒小檗碱加上使领馆的电话号码……

所有这些，都十分必要。可有一样东西，无论你走到哪里，都不可须臾离开，那就是——你可记得带上自己的灵魂？

据说古老的印第安人有个习惯，当他们的身体移动得太快的时候，会停下脚步，安营扎寨，耐心等待自己的灵魂前来追赶。有人说是三天一停，有人说是七天一停，总之，人不能一味地走下去，要在行程的空隙中驻扎，和灵魂会合。灵魂似乎是个身负重担或是手脚不利落的弱者，慢吞吞地经常掉队。你走得快了，它就跟不上趟。我觉得此说法最有意义的部分，是证明在旅行中，我们的身体和灵魂是不同步的，是分离分裂的。而一次绝佳的旅行，自然是身体和灵魂高度协调一致，生死相依。

  好的旅行应该如同呼吸一样自然。旅行的本质是学习，而学习是人类的本能。身为医生，我知道人一生必得不断地学习。我不当医生了，这个习惯却如同得过天花，在心中留下斑驳的痕迹。旅行让我知道在我之前活过的那些人，他们想到过什么做过什么。旅行也让我知道，在我没有降生的那些岁月，大自然盛大的恩典和严酷的惩罚。旅行中我知道了人不可以骄傲，天地何其寂寥、峰峦何其高耸、海洋何其阔大。旅行中我也知晓了死亡原本不必悲伤，因为你其实并没有消失，只不过以另外的方式循环往复。

  凡此种种，都不是单纯的身体移动就能够解决问题的，只能留给旅行中的灵魂来做完功课。出发时，悄声提醒，背囊里务必

阳光麦田
·美丽乡村助读书系·

记得安放下你的灵魂。它轻到没有一丝分量,也不占一寸地方,但重要性远胜过GPS。饥饿时是你的面包,危机时助你涉险过关。你欢歌笑语时,它也无声露出欢颜。你捶胸顿足时,它也滴泪悲愤……灵魂就算不能像烛火一样照耀着我们的行程,起码也要同甘共苦地跟在后面,不离不弃,不能干三天停一天地磨洋工。否则,我们就是一具飘飘荡荡的躯壳在蹒跚,敲一敲,发出空洞的回音,仿佛千年前枯萎的胡杨。

保持惊奇

题记

> 你既然惊奇了,你就要探索这奥妙;你既然惊奇了,你就不能止于惊奇。

惊奇,是一种天性的流露。

生命开始的一瞬就是惊奇。我们周围的世界,为什么会由黑暗变得明朗?周围为什么由水变成了气?为什么由温暖变得清凉?外界的声音为何如此响亮?那个不断俯视我们、亲吻我们的女人是谁?

从此我们在惊奇中成长。

这个世界上,有多少值得惊奇的事情啊。苹果为什么落地,流星为什么"下雨",人为什么兵戎相见,历史为什么世代更迭……

阳光麦田
美丽乡村助读书系

孩子大睁着纯洁的双眼,面对着未知的世界,不断地惊奇着、探索着,在惊奇中渐渐长大。

惊奇是幼稚的特权,惊奇是一张白纸。

但人是不可以总这么惊奇着的。在生命的某一个时辰,你突然因为你的惊奇,遭逢尴尬与嘲笑。你惊奇地发现——惊奇在更多的时候,是稚弱的表现,是少见多怪的代名词,是一种原始蛮荒的状态。

对于我们这个崇尚"见怪不怪、其怪自败"、尊重老练成熟的民族,惊奇是如胎发一般的标志。

你想成功吗?你首先须成功地把自己的惊奇掩盖起来。

我们的词典里,印着许多诸如"处变不惊、宠辱不惊"的词汇,使"不惊"镀着大将风度的光辉,而"惊"屈于永久的贬义。

翻那词典,后面更有了惊慌失措、大惊失色、惊恐万分的形容,惊堕落着,简直就是怯懦、退缩、畏葸的同义词了。

于是人们开始厌恶惊奇。你想做大事吗?一个必备的基本功就是训练自己丧失惊奇。

你看到爱情远不是传说中那般纯洁,你不要惊奇。

你看到生活远没有书本上描写的那么美好,你不要惊奇。

你看到友谊根本不是故事中那般忠诚，你不要惊奇。

你看到日子绝不如想象中那般绚烂，你不要惊奇……

如果你惊奇了，你就违反了一条透明的规则，会遭到别人阳光下或是暗影里的嘲笑：这个孩子还嫩着呢。

你在一次次碰壁后省悟到：即使你对这个世界还一知半解，你还搞不清问题的全部，但有一点你现在就能做到：埋葬你的惊奇。

你看到丑恶，假装没有看到，依旧面不改色、谈笑风生，人们就会送你"人情练达"的评价。你听到秽闻，仿佛在那一刻患了突发性的耳聋，脸上毫无表情，人们会感觉你老于世故、可以信赖。你被美丽、美好、美妙的景色感动，只可以默默地藏在心底，脸上切不可露出少见多怪的惊异，人们就会以为你少年老成，有大谋略、大气魄，是可做将帅的优良材料。你碰到可歌可泣的人间至情，要把心肠练得硬如钻石，脸不变色心不跳。就算真搅得肝肠寸断，只可夜晚躲在无人处暗自咀嚼，切不可叫人觑了去，落得个妇人之仁的罪名……

现代社会是一只飞速旋转的风火轮，把无数信息强行灌输给我们。见怪不怪，我们的心灵渐渐在震颤中麻痹，更不消说有意识地掩饰我们的惊讶，会更猛烈地加速心灵粗糙。在灯红酒绿和人为的打磨中，我们必将极快地丧失掉惊奇的本能。

于是我们看到太多矜持的面孔，我们遭遇无数微笑后面的冷淡。我们把惊奇视作一种性格缺憾，我们以为永不惊讶才是人生的至高境界。

细细分析起来，惊奇是由两部分组成的，先有了惊，然后才是奇。如果说"惊"属于一种对陌生事物认识局限的愕然，"奇"则是对未知事物积极探讨的萌芽了。

否认了"惊"，就扼杀了它的同胞兄弟。我们将在无意之中，失去众多丰富自己的机遇。

假如牛顿不惊奇，他也许就把那个包裹着真理的金苹果吃到自己的肚子里面了，人类与伟大的"万有引力定律"相逢，也许还要迟滞很多年。

假如瓦特不惊奇，水壶盖"噗噗"响着，一个划时代的发现就蒸发到厨房的空气中了，我们的蒸汽火车头，也许还要在牛车漫长的辙道里蹒跚亿万千米。

即使对普通人来说，掩盖惊奇，也易闹笑话。一位乡下朋友，第一次住进城里的宾馆。面对盥洗室里那些式样别致的洁具，他想不通人洗一个脸，何至于要如此麻烦。他不会使用这些物件，本来请教一下服务员，也就迎刃而解了。可是他不想暴露自己的惊奇，就用地上一个雪白的盛着半盆水的瓷器洗了脸，后来他才知道，那是马桶。

这当然是一个极端的例子，我之所以把它写在这里，绝无幸灾乐祸之意。现代社会令人眼花缭乱，每个人在某种意义上说都是孤陋寡闻的。你在你的行业里是行家里手，在其他领域可能完全是"白痴"。这不是羞愧的事情，坦率地流露惊奇，表示自己对这一方面的无知以及求知的探索，是一种可嘉的勇气。

我认识一位老人，一天兴致勃勃地同我探讨电脑的种种输入方法。他整整八十二岁了，肾脏功能已经衰竭，我坚信他这一辈子也不可能在电脑键盘上敲出一个字。他在自己的专业范畴里，是一位德高望重的长者，但对电脑的理解多有谬误，就连我这个"二把刀"也听出了许多破绽。但是老人家充满探索之光的惊奇的眼神，在这一瞬像探照灯一样扫过我的灵魂。面对他青筋暴突、

阳光麦田
·美丽乡村助读书系·

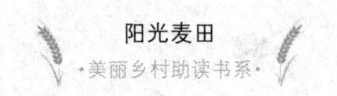

微微颤抖的手,我想,不知我这一生可否活得这样高寿。不论我生命的历程有多长,我一定要记得这目光炯炯的惊奇,学习他对世界的这份挚爱,绝不仅仅流连在熟悉的航道,要始终保持对辽阔海域的探索,直到我最后一次呼吸。

惊奇是一种天然物,而不是制造出来的,它是真情实感的火花。一块滚圆的鹅卵石便不再会惊讶于江河的波涛,惊奇中蕴涵着奋进的活力。

惊奇不仅仅是幼稚,惊奇不仅仅是无知,惊奇是在它们基础上的深化和前进。

你既然惊奇了,你就要探索这奥妙;你既然惊奇了,你就不能止于惊奇。爱好惊奇的人须将惊奇转化为平凡。消灭惊奇的过程,也就是学习的过程,惊奇在熟悉中淡化,才干在惊奇中成长。

世界是没有止境的,惊奇也是没有止境的。惊奇是流动的水,它使我们的思想翻滚着,散发着清新,抗拒着腐烂。

在城市里待得久了,我们常常丧失惊奇的本能。我们像鳝鱼一样滑行着,浑身粘满市侩的黏液。

到自然中去,造化永远给我们以大惊喜。和寥廓的宇宙相比,个人的得失是怎样的微不足道啊。不要小看山水的洗涤，假如真正同天地对一次话，我们定会惊奇自己重新获得活力。

如果无法到自然中去，就同与自己没有利害关系的从小的朋友，做一次促膝的谈心。利害关系这件事，实在是交友的大敌。我不相信有永久的利益，我更珍视患难与共的友谊。长留史册的，不是锱铢必较的利益，而是肝胆相照的情分。和朋友坦诚地交往，会使我们留存对真情的敏感，会使我们抹去眼中的云翳，心境重新开朗，惊奇就在这清明的心境中，翩翩来临了。

假如既没有自然可以依傍，又没有朋友可以信赖，那真是人生的大憾事。那只有在静夜中同自己对话，回忆那些经历中最美好的片段，温习曾经使心灵震撼的镜头。它也许是旷野里一朵很小的花，也许是冬天的一盏红灯笼，也许是苍茫的大漠暮色，也许是雄浑激荡的乐曲……总之，那是独属于你的一份秘密，只有你才知道它对于你的惊奇的意义。《论语》里说：学而时习之，不亦说乎？复习以往我们情感中最精彩的片段，常常会使我们整旧如新。

保持惊奇，我常常这样对自己说。它是一眼永不干涸的温泉，会有汩汩的对世界的热爱蒸腾而起，滋润着我们的心灵。

阳光麦田
·美丽乡村助读书系·

你要好好爱自己

题 记

　　爱己爱人都是一种能力，它不是与生俱来，而是通过感知和模仿，通过领悟和学习，才慢慢积聚起来，直至形成能量。

　　你要好好爱自己。

　　这话来自一句叮嘱。最早向我们说起它的人，可能是我们的父母，可能是我们的师友，可能是我们的恋人爱人……

　　他们也许会一而再再而三地说：冷了要添衣，热了要洗脸。不要熬夜，不要一忙就忘了吃饭。要和大家伙儿搞好关系，要对得起自己的良心……要早睡早起……

如果从来没有人对你说起过这些絮絮叨叨啰啰唆唆的话,那你的童年和少年加上青年时期,可能孤寂荒凉。你未曾被人捧在手心,极少承接过温情。

不过,这没什么了不起的。因为无论别人怎样对你说这些话,说过多少次,都是身外之物。话音终将袅袅远去,要紧的是——你要自己对自己说这句话——你要好好爱自己。在纷杂人间的清朗月夜,你要耳语般但无比坚定地对自己说。

好好爱自己,是简单朴素的常识。可是这世上有多少人,能够懂得能够记住能够做到呢?

放眼四周,谬爱种种。

有人年轻时不顾死活拼命挣钱,期望自己年老的时候可以肆意享乐,放开一搏。他们以为这就是爱自己。

有人以为给自己的胃填进一些过多的食物,让罕见的山珍野味把肚腹撑得两眼翻白,这就是爱自己了。

有人以为在手腕上箍上名表,在颈项间悬挂重磅的金饰,这就是爱自己了。

有人以为把身体安置在一个庞大的屋舍内,再用很多名牌将自己掩埋，这就是爱自己了。

有人以为把自己的腿最大限度地闲置起来，抵达任何一个地方都由汽油和钢铁代步，这就是爱自己了。

有人以为让自己的外貌和自己的内脏年龄不相符，让面容在层层化妆品的粉饰下，显出不合时宜的嫩相，严重者不惜刀兵相见大胆斧正自我，甚至可以将腿骨敲断以求延展下肢增加身高，就是狠狠地爱自己了。

有人以为让嘴巴说言不由衷之话，让表情肌做不是发自内心的谄媚之态，让双膝弯曲，让目光羞于见人，这都是爱自己。

实际情况恰恰相反，以上诸等，皆是对不起自己，害了自己。

爱自己是需要理由的。我们的爱要想持之以恒，先要明白自己究竟是谁。

最明确的结论是——自己首先是一个身体。这个身体结构精巧，机能完善，高度发达，精美绝伦。千百万年进化的水流，将身体打磨成健全而温润的宝石。

大脑的功用是思考，而不是他人可以任意抛洒塑料袋的垃圾场。凡事用自己的脑袋想一想，做出最合乎理性的决定，这就是对自己的脑袋好。

眼睛要看洁净美好之物，看出潜在的危险，找到安全方向。眼睛还有小小的癖好，爱看草木的绿色和天空的湛蓝，爱看书本和笑靥。满足它的愿望，非礼勿视，这就是对眼睛好。

鼻子希望呼吸到清新的空气，闻到花香，不喜欢密不通风的腐朽之气和穹顶之下皆是雾霾。让它远离这样的环境，才是对鼻子的爱惜。

嘴巴希望讲的都是发自内心的真话，希望摄入富有营养的本色食品，而不是混杂三聚氰胺和地沟油的伪劣食物。

不说口是心非的谎言，嘴唇上翘，嘴巴就微笑了。

双手希望能通过自己的劳动创造出美好生活的物质基础，而不是扒窃抢劫和杀戮。这就是手的幸运了。

我们的脏腑希望它能劳逸结合，不要总是爆满，不要连轴转。要有张有弛劳逸结合。不要被塞进太多赘物，不要无端地损耗它们的能量。

颈椎希望能不时地扬起头，舒展它弯曲的弧度，而不是终日保持一个僵硬的姿势，以至于每一节间隙都缩窄，过度摩擦增生

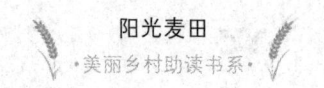

长出骨刺。

脊骨希望自己能够庄严地挺直,快乐向前。这不但是生理的需要,也是心理的需要。一个卑躬屈膝的人,谈不上尊严。而没有尊严的人,不会好好对待自己。因为他看不起自己,以为自己只是蝼蚁。

我们的肩膀,希望能担负一定的担子。不要太轻,那样就失去了肩负的责任;也不能太重,超过了负荷,肩周就会发炎。

双脚,希望坚稳地站立在大地之上。那种为了显示自己比实际高度更高的内外增高鞋,骨子里是虐待双脚的刑具。

我们的双腿,希望能在正当的道路上挺进。时而可以疾跑,时而可以漫步,时而可以暂停,倾听婉转莺啼。

我们的皮肤,希望能顺畅地呼吸,而不是被厚厚的脂粉糊满,穿一张石灰盔甲。

我们的头发,希望按照它的本来面目,在风中舒展。黑就是黑,白就是白,黄就是黄。而不是像鸡毛掸子似的五颜六色,被反复弯曲和拉直,好像它是多变的小人。

我们的心脏,希望匀速地跳动。运动的时候可以适时加快,睡眠的时候可以轻柔缓舒。需要拍案而起的时候，它可以剧烈搏动，以输出更多的血液，支撑我们怒发冲冠的豪气。千钧一发的时刻，它可以气壮山河地泵出极多血液，以提供给我们叱咤风云顶天立地的力量。

我惊叹人体的奥秘，大自然是何等慷慨地把最伟大的恩赐降临于我们身体之内。身体的每一处细枝末节，都遵循颇有深意的蓝图，构建起来并完整地传承，兢兢业业一丝不苟。

一屋不扫，何以扫天下？只有爱自己的人，才有可能爱别人；一个不爱自己的人，断不会心细如发地爱别人。爱己爱人都是一种能力，它不是与生俱来，而是通过感知和模仿，通过领悟和学习，才慢慢积聚起来，直至形成能量。这世上有太多的人，不爱自己，第一个证据就是他们成了身体的叛徒。他们视身体是一团与己无关的肮脏抹布。

所有人的身体，都理应洁净而温暖。不仅儿童和青年圣美，中老年人的身体也依旧是和煦与高贵的。纵使曾经被侮辱与损害，有负罪之人为之承责，身体是无辜的。那些以为只有童子才清爽、处女才芬芳的念头，来自人性的无知和男权的霸道。

不过,这并不是好好爱自己的全部。在身体里,还有无比尊贵的主宰,那就是我们的灵魂。

爱惜灵魂,是好好爱自己的最高阶段。

人说灵魂有二十一克重,说在死亡的那一瞬间,灵魂会飞向天空。我不知道这个说法是否科学,但我相信在美好的身体里,一定安住着同样精彩的灵魂。它是人类最优秀的价值观之总和,是我们瞭望世界的支点。它凝聚了人类所信仰所尊崇所畏惧所仰视的一切,在肉体之上,放射明亮光芒,穿透风雨迷蒙,照耀着引导着我们。

如果这一世,你能爱惜身体,珍重灵魂,那么从这个港口出发,你会成为一个身心平和的幸福小舟,一步步安然向前,驶入珍爱他人珍爱万物珍爱世界的宽广大海。

教养的证据

题记

教养是一些习惯的总和。在某种程度上，教养不是活在我们的皮肤上，是繁衍在我们的骨髓里。

教养是个高频词。时下，如果说某人没教养，就是大批评大贬义了。

什么叫教养呢？

词典上说是"文化和品德的修养"，但我更愿意理解为"因教育而养成的优良品质和习惯"。

一个人受过教育，但他依然有可能是没有教养的。就像一个人不停地吃东西，但他的肠胃不吸收，竹篮打水一场空，还是骨瘦如柴。不过这话似乎不能反过来说——一个人没有受过系统的教育，他却能够很有教养。

教养不是天生的。一个小孩子如果没有人教给他良好的习惯和有关的知识，他必定是愚昧和粗浅的。当然，这个"教"是广义的，除了指入学经师，也包括家长的言传身教和环境的耳濡目染。

教养和财富一样，是需要证据的。你说你有钱，不成，得拿出一个资产证明。教养的证据不是你读过多少书，家庭背景如何显赫，也不是你通晓多少礼节规范，能够熟练使用刀叉会穿晚礼服……这些仅仅是一些表面的气泡，最关键的证据可能有如下若干。

热爱大自然。把它列为有教养的证据之首，是因为一个不懂得敬畏大自然、不知道人类渺小的人，必是井底之蛙，与教养谬之千里。这也许怪不得他，因为如果不经教育，一个人是很难自发地懂得宇宙之大和人类的渺小的。没有相应的自然科学知识，人除了显得蒙昧和狭隘以外，注定也是盲目傲慢的。之所以从小就教育孩子要爱护花草，正是对这种伟大感悟的最基本的训练。

若是看到一个成人野蛮地攀折林木，人们通常会毫不迟疑地评判道——这个人太没有教养了。可见，教养和绿色是紧密地联系在一起的。一个懂得与自然和谐相处、懂得爱护无言的植物的人，推而广之，他多半也可能会爱惜更多的动物，爱护自己的同类。

一个有教养的人，应该能够自如地运用公共的语言，表达自己的内心和同他人交流，并能妥帖地付诸文字。我所说的公共语言，是指大家——从普通民众到知识分子都能理解的清洁和明亮的语言，而不是某种受众面狭窄的土语俚语或者某特定情境下的专业语言。这个要求并非画蛇添足。在这个千帆竞发的时代，太多的人，只会说他那个行业的内部语言，只会说机器仪器能听懂的语言，却不懂得如何与人亲密地交流。这不是一个批评，而是一个事实。和人交流的掌握，特别是和陌生人的沟通，通常不是自发产生的，是要通过学习和练习来获得的。一个没有受过教育的人，他所掌握的词汇是有限和贫乏的，除了描绘自己的生理感受，比如饿了、渴了、想睡觉之外，他们对于自己的内心感知甚为模糊。因为那些描述内心感受的词汇，通常是抽象和长于比喻的，不通过学习，难以明确恰当地将它们表达出来。那些虽然拥有一技之长，但无法精彩地运用公共语言这种神圣的媒介来沟通和解读自我心灵的人，难以算是一个有教养的人。技术是用来谋生的，而仅仅具有谋生的本领是不够的。就像豺狼也会自发地猎取食物一样，那是近乎无须教育也可掌握的本能。而人，毫无疑问地应比豺狼更高一筹。

一个有教养的人，对历史应有恰如其分的了解，知道生而为人，我们走过了怎样曲折的道路。当然，教养并不能使每个人都像历史学家那样博古通今，但是教养却能使一个有思考爱好的人，知晓我们是从哪里来，要到哪里去。教养通过历史，使我们不单活在此时此刻，也活在从前和以后，如同生活在一条奔腾的大河里，知道泉眼和海洋的方向。

一个有教养的人，除了眼前的事物和得失以外，他还会不由自主地想到他远大的目标。教养把人的注意力拓展了，变得宏大和光明。每一个个体都有沉没在黑暗峡谷的时刻，跋涉和攀缘其中，虽然伤痕累累，因为你具有的教养，确知时间是流动的，明了暂时与永久，相信在遥远的地方，定有峡谷的出口，那里有瀑布在轰鸣。

一个有教养的人,对自己的身体,要有亲切的了解和珍惜之情,知道它们各自独有的清晰的名称,明了它们是精致和洁净的,身体的每一部分都有着不可替代的功能,并无高低贵贱的区别。他知道自己的快乐和满足,有很大一部分是建筑在这些功能的灵敏和感知的健全上的。他也毫无疑义地知道,他的大脑是他的身体的主宰。他不会任由他的器官牵制他的所作所为,他是清醒和有驾驭力的。他在尊重自己身体的同时,也尊重他人的身体;在尊重自我的权利的同时,也尊重他人的权利;在驰骋自我意志的骏马时,也精心维护着他人的茵茵草地。

一个有教养的人,对人类种种优秀的品质,比如忠诚、勇敢、信任、勤勉、互助、舍己救人、临危不惧、吃苦耐劳、坚贞不屈……应充满敬重、敬畏、敬仰之心。不一定每一个人都能够身体力行,但他们懂得爱戴和歌颂。人不是不可以怯懦和懒惰,但他不能把这些陋习伪装成高风亮节,不能由于自己做不到高尚,就诋毁所有做到了这些的人是伪善。你可以跪在泥里,但你不可以把污泥抹上整个世界的胸膛,并因此煞有介事地说到处都是污垢。

一个有教养的人,知道害怕。知道害怕是件有意义、有价值的事情。它表示明了自己的限制,知道世上有一些不可逾越的界限,知道世界上有阳光,阳光下有正义的惩罚。由于害怕正义的惩罚,因而约束自我,是意志力坚强的一种体现。

一个有教养的人,知道仰视高山和宇宙,知道仰视那些伟大的发现和人格,知道对自己无法企及的高度表达尊重,而不是糊涂地闭上眼睛或是居心叵测地嘲讽。

教养是不可一蹴而就的。教养是细水长流的。教养是可以遗失也可以捡拾起来的。教养也具有某种坚定的流传性和既定的轨道。教养是一些习惯的总和。在某种程度上,教养不是活在我们的皮肤上,是繁衍在我们的骨髓里。教养和遗传几乎是不相关的,是后天和社会的产物。教养必须要有酵母,在潜移默化和条件反射的共同烘烤下,假以足够的时日,才能自然而然地散发出香气。

教养是衡量一个民族整体素质的一张 X 光片。脸面上可以依靠化妆繁花似锦,但只有内在的健硕,才经得起冲刷和考验,才是力量的象征。

任何成瘾都是灾难

> **题记**
>
> 内啡肽让我们有一种不知疲劳、忘却忧愁、精神焕发的感觉。这在短期内当然是很令人振奋的，但长久下去，身体就会吃不消。

有个年轻人，名叫安澜，他说自己干什么都会成瘾。

我要详细了解情况，就说，请打个比方。

他说："我上学的时候就对网络成瘾。那时候，我每天起码有五小时要趴在网上，网友遍布全世界。"

我插嘴道："全世界？真够广泛的。"

安澜说："是啊。人们都说上网对学习有影响，可那时我的英文水平突飞猛进，因为要和国外的网友聊天，你要是英文不利索，人家就不理你了。"

我说:"一天五小时,你还是学生,要保证正常的上课,哪里来的这么多时间啊?"

安澜说:"很简单,压缩睡眠,我每天只睡五小时。我有单独的房间,电脑就在床边。我每天做完作业后先睡下,四小时之后,准时就醒了,一骨碌爬起来就上网。神不知鬼不觉地,到了天快亮的时候,再睡一小时回笼觉。爸爸妈妈叫我起床的时候,我正睡得香甜。很长时间,家里人看我白天萎靡不振的样子,都以为是上学累的,殊不知我的睡眠是个包子,外面包的皮是睡觉,里面裹的馅儿就是上网。"

我说:"青少年正是长身体的时候,你这样睡眠不足,是要出大问题的。"

安澜说:"还真让您说对了。后来,我就得了肾炎。因为不能久坐,我只好缩减了上网的时间。我休了学,急性期过了以后,医生建议我开始缓和的室外活动,慢慢地增强体力,我就到郊外或是公园散步。一个人在外面闲逛,就是风景再美丽、空气再新鲜,也有腻的时候。我爸说,要不给你买个照相机吧,一边走一边拍照,就不觉得烦了。家里先是给我买了个数码傻瓜相机。果然,照相让人觉得时间过得很快,一只狗正在撒尿,一只猫正在龇牙咧嘴地向另外一只猫挑衅,都成了我的摄影素材。白天照了相,晚上就在电脑上回放,自己又开心一回。很快,这种简陋的卡片机就不能满足我的愿望了。我开始让家里人给我买好的机子,买各式各样的镜头……把自己认为好的照片放大。城周围的景物照烦了,就到更远的地方去,我又迷上了旅游。后来我爸说,我这是豪华型患病,花在照相和旅游上的钱,比吃药贵多了。不管怎么样,我的病渐渐地好了。因为错过了高考,我就上了一所职业学校,学市场营销。毕业以后,我进了一家玩具公司。玩具这个东西,利润是很大的,只要你营销搞得好,按比例提成,收入很可观。这时候,因为时间有限,到远处旅游和照相,变得难以实现,我就迷上了请客吃饭……"

我虽然知道咨询师在这时应该保持足够的耐心倾听,还是不由自主地小声重复——迷上了请客吃饭?

说句实话,我见过各种上瘾的症状,要说请客吃饭上瘾,还真是第一次碰上。

安澜说:"是啊。我喜欢请客时那种向别人发出邀请,别人受宠若惊的感觉。喜欢挑选餐馆,拿着点菜单一页页翻过时的那种运筹帷幄的感觉,好像点将台上的将军,尤其是喜欢最后结账时一掷千金舍我其谁的豪爽感。"

我思忖着说:"你为这些感觉付出的代价一定很高昂。"

安澜垂头丧气地说:"谁说不是呢?去年年底,我拿到了七万块钱的提成奖励,结果还没过完春节,就都花完了,我可给北京的餐饮业做出了杰出的贡献。最近,我们又要发季度提成了,我真怕这笔钱到了我的手里,很快就'灰飞烟灭'。而且,酒肉朋友们散去之后,我摸着空空的钱包,觉得非常孤单。可是下一次,我又会重蹈覆辙,不能自拔。我爸和我妈提议让我来看心理医生,说我这个人爱上什么都没节制,很可怕。将来要是谈上女朋友也这样上瘾,今天一个明天一个,就变成流氓了。我自己也挺苦恼的,一个人,要是总这样管不住自己,也干不成大事啊。您能告诉我一个好方法吗?"

我说:"安澜,我知道你现在很焦虑,好方法咱们来一起找找看。你能告诉我像上网啊、摄影啊、旅游啊、请客吃饭啊这些活动带给你的最初的感觉是什么吗？"

安澜说："当然是快乐啦！"

我说："让咱们假设一下，如果在那个时候，来了位医生抽一点你的血，化验一下你的血液成分，你觉得结果会怎么样？"

安澜困惑地吐了一下舌头，说："估计很疼吧？结果是怎样的，就不知道了。"

我说："抽血有一点疼，不过很快就会过去。我以前当过很久的医生，对化验这方面有一点心得。当人们在快乐的时候，内分泌系统会有一种物质产生，叫作内啡肽。"

安澜很感兴趣说："您告诉我是哪几个字。"

我在一张纸上写下了"内啡肽"几个字。

安澜端详着，说："这个'啡'字，就是咖啡的'啡'吗？"

我说："正是，咖啡也有一定的兴奋作用。"

安澜说："您的意思是说，每当我进入那些让我上瘾的活动的时候，我身体里都会分泌出内啡肽吗？"

我说："安澜，你很聪明，的确是这样的。内啡肽会让我们有一种不知疲劳、忘却忧愁、精神焕发的感觉。这在短期内当然是很令人振奋的，但长久下去，身体就会吃不消。这就是很多染上了网瘾的人，最后茶饭不思、精神萎靡不振、体重大减、面黄肌瘦的原因啊。而且，因为人上瘾时，对其他的事情不管不顾，考虑问题很不理性，就会出现严重的后果，这也就是你在请人吃完饭之后精神十分空虚的症结。有的人工作成瘾，就成了工作狂。有的人盗窃成瘾，就成了罪犯。有的人飞车成瘾，就成了飙车一族。有的人对权力成瘾，就成了独裁者……"

安澜说："这样看来，内啡肽是个很坏的东西了。"

我说："也不能这样一概而论。人体分泌出来的东西，都是有用的。比如当你跑马拉松的时候，只要冲过了身体那个拐点，因为体内开始有内啡肽的分泌，你就不觉得辛苦，反倒会有一种越跑越有劲的感觉。比如有的科学家埋头科学实验，为了整个人类的发展做出了卓越贡献。在那种非常艰难困苦的条件下能够坚持下来，他的内啡肽也功不可没啊！"

安澜说："听您这样一讲，我反倒有点糊涂了。"

我说："任何事情都要有节制。比如，温暖的火苗在严冬是个好东西，可要是把你放到火上烤，结果就很不妙。如果你不想变成烤羊肉串，就得赶快躲开。再有，在干燥的沙漠里，泉水是个好东西，但要是发了洪水，让人面临灭顶之灾，那就成了祸害。对于身体的内分泌激素，我们也要学会驾驭。这说起来很难，其实，我们一直在经受这种训练。比如你肚子饿了，经过一个烧饼摊，虽然烤得焦黄的烧饼让你垂涎欲滴，但是如果你没买下烧饼，你就不能抢上一个烧饼下肚。如果你看到一个美丽的姑娘，你也不能上去就拥抱人家。所以，学会控制自己的内啡肽，也是成长的必修课之一啊。"

听到这里，安澜若有所思地拿起那张纸，看了又看，说："这个内啡肽的'啡'字和吗啡的'啡'字，也是同一个字。"

我说："安澜，你看得很细，说得也很正确。成瘾这件事，最可怕的是毒品成瘾。吗啡和内啡肽有着某种相似的结构，当有些人靠着毒品达到快乐巅峰的时候，他们就步入了一个深渊，这就更要提高警惕了。当然了，网瘾和毒品成瘾还是有一定的区别的。不过，一个人要想身体健康和心理健康，对所有那些令我们成瘾的事物都要提高控制力，要有节制。"

那天告辞的时候，安澜说，我记住了，任何成瘾都是灾难。

阳光麦田
·美丽乡村助读书系·

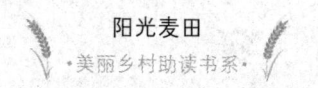

谎言三叶草

题 记

人活在世上，真实的世界已经太多麻烦，再加上一个虚幻世界掺和在里面，岂不更乱了套？

人总是要说谎的，谁要是说自己不说谎，这就是一个彻头彻尾的谎言。

有的人一生都在说谎，他的存在就是一个谎言。世界是由真实的材料构成的，谎言像泡沫一样浮在表面，时间使它消耗殆尽，就好像从来没有存在过似的。

有的人偶尔说谎，除了他自己，没有人知道这是一个谎言。谎言在某些时候表达的只是说话人的善良愿望，只要不害人，说说也无妨。

　　对谎言刻骨铭心的印象可以追溯很远。小的时候在幼儿园,每天游戏时有一个节目,就是小朋友说自己家里有什么玩具。一个孩子说:"我家有会说话的玩具青蛙。"那时我们只见过上了弦会蹦的铁皮蛤蟆,小小的心眼一算计,大人们既然能造出会跑的动物,应该也能让它叫唤,就都信了。又一个小朋友说:"我家有一个玩具火车,像一间房子那样长……"我呆呆地看着那个男孩,前一天我才到他们家玩过,绝没有看到那么庞大的火车……我本来是可以拆穿这个谎言的,但是看到大家那么兴奋地注视着说谎者,就不由自主地说:"我们家也有一列玩具火车,像操场那么长……"

　　"哇!哇!那么长的火车!多好啊!"小伙伴齐声赞叹。

　　"那你明天把它带到幼儿园里让我们看看好了。"那个男孩沉着地说。

　　"好啊!好啊!"大家欢呼雀跃。

　　我幼小身体里的血液一下子凝住了。天哪,我到哪里去找那么宏伟的玩具火车?也许世界上根本就没有造出来!

我看着那个男孩,我从他小小的褐色眼珠里读出了期望。

他为什么会这么有兴趣?依我们小小的年纪,还完全不懂得落井下石……想啊想,我终于明白了。

我大声对他也对大家说:"让他先把房子一样大的火车拿来给咱们看,我就把家里操场一样长的火车带来。"

危机就这样缓解了。第二天,我悄悄地观察着大家。我真怕大伙儿追问那个男孩,因为我知道他是拿不出来的。大家在嘲笑过他之后,就会问我要操场一样长的玩具火车。我和那个男孩忐忑不安,彼此都没说什么。只是一整天都是我俩在一起玩。幸好那天很平静,没有一个小朋友提起过这件事。

我小小的心提在喉咙口很久,我怕哪个记性好的小朋友突然想起来。但是日子一天天平安地过去了,大家都遗忘了,以后再说起玩具的时候,我吓得要死,但并没有人说火车的事。

真正把心放下来是从幼儿园毕业的那天。当我离开朝夕相处的老师和小朋友的时候,当然也有点恋恋不舍,但主要是像鸟一样地轻松了,我再也不用为那列子虚乌有的火车操心了。

这是我有记忆以来最清晰的一次说谎,它给我心理上造成的沉重负担，简直是一项童年之最。在漫长的岁月里我无数次地反思，总结出几条教训。

一是撒谎其实不值得。图了一时的快活，遭了长期的苦痛，占小便宜吃大亏。不到万不得已，不要说谎。

二是说谎很普遍。且不说那个男孩显然在说谎，就是其他的小朋友也经常浸泡在谎言之中。证据就是他们并不追问我大火车的下落了。小孩的记性其实极好，他们不问并不是忘了，而是觉得此事没指望了。也就是说，他们知道这是一个骗局。他们之所以能看清真相，是因为感同身受。

三是说谎是一门学问，需要好好研究，主要是为了找出规律，知道什么时候可说谎，什么时候不可说谎，划一个严格的界限。附带的是要锻炼出一双能识谎言的眼睛，在苍茫人海中谨防受骗。

修炼多年，对于说谎的原则，我有了些许心得。

平素我是不说谎的，没有别的理由，只是因为怕累。人活在世上，真实的世界已经太多麻烦，再加上一个虚幻世界掺和在里面，岂不更乱了套？但在我的心灵深处，生长着一棵谎言三叶草。当它的每一片叶子都被我毫不犹豫地摘下来的时候，我就开始说谎了。

它的第一片叶子是善良。不要以为所有的谎言都是恶意的，善良更容易把我们载到谎言的彼岸。我当过许多年的医生，当那些身患绝症的病人殷殷地拉了我的手，眼巴巴地问："大夫，你说我还能治好吗？"我总是毫不踌躇地回答："能治好！"我甚至不觉得这是谎言。它是我和病人心中共同的希望，在不远的微明处闪着光。当事情没有糟到一塌糊涂的时候，善良的谎言也是支撑我们前进的动力啊！

三叶草的第二片叶子是此谎言没有险恶的后果，更像是一个诙谐的玩笑或是温婉的借口，比如文学界的朋友聚会是一般人眼中高雅的所在，但我多半是不感兴趣的。我对未知的事物充满了兴趣，很愿意同普通的工人、农民或是哪一行当的专家待在一起，听他们讲我不知道的故事。至于作家聚在一起要说些什么，我大概是有数的，不听也罢。但人家邀了你是好意，断然拒绝不但不礼貌，也是一种骄傲的表现，和我的本意相差太远。这时候，除了极好的老师和朋友的聚会我会兴高采烈地奔去，此外一般都是找一个借口推托了。比如我说正在写东西，或是已经有了约会……总之，让自己和别人都有台阶下。这算不算撒谎？好像是要算的。但它结了一个甜甜的果子，维护了双方的面子，挺好的一件事。

第三片叶子是我为自己规定的，谎言可以为维护自尊心而说。我们常常会做错事。错误并没有什么了不起，改过来就是了。但因犯了错误在众人面前伤了自尊心，就由外伤变成了内伤，不是一时半会儿治得好的。我并不是包庇自己的错误，我会在没有人的暗夜深深检讨自己的问题。但我不愿在众目睽睽之下，把自己像次品一般展览。也许每个人对自尊的感受阈限不同，但大多数人在这个问题上都很敏感。想当年，一个聪敏的小男孩打碎了姑姑家的花瓶没有承认，也是怕自己太丢面子了。既然革命导师都会有这种顾虑，我们自然也可以原谅自己。为了自尊，我们可以说谎，同样为了自尊，我们不可将谎言维持得太久。因为真正的自尊是建立在不断完善自己的基础上的，谎言只不过是暂时的烟雾。它为我们争取来了时间，我们要在烟雾还没有消散的时候，把自己整旧如新。假如沉迷于自造的虚幻中，烟雾消散之时，现实将更加窘急。

阳光麦田
美丽乡村助读书系

随着年龄的增长，心田里的谎言三叶草渐渐凋零。我有的时候还会说谎，但频率减少了许多。究其原因，我想，谎言有时表达了一种愿望，折射出我们对事实朦胧的希望。生命的年轮一圈圈增加，世界的本来面目像琥珀中的甲虫越发纤毫毕现，需要我们更勇敢地凝视它。我已知觉人生的第一要素不是善，而是真。我已不惧怕残酷的真相，对过失可能带来的恶劣后果有了兵来将挡、水来土掩的勇气，甚至对于自尊也变得有韧性多了。自尊，便是自己尊重自己，只要你自己不倒，别人可以把你按倒在地上，却不能阻止你满面尘土、遍体伤痕地站起来。

有的人总是说谎，那不是谎言三叶草的问题，简直是荒谬的茅草地了。对这种人，我并不因为自己也说过谎而谅解他们，偶尔一说和家常便饭地说，还是有原则上的区别的。中国有句古话，叫作"人之将死，其言也善"。我觉得这个"善"字就是真实的意思。也就是说，人到临死的时候就不说谎了。

但这个醒悟，似乎来得太晚了一点。

活着而不说谎，当是人生的大境界。

谁是你的重要他人

题记

弗洛伊德精神分析学派认为,即使在那些被精心照料的儿童那里,也会留下心灵的创伤。

"重要他人"是一个心理学名词,意思是在一个人心理和人格形成的过程中,起过巨大影响甚至是决定性作用的人物。

"重要他人"可能是我们的父母长辈,或者是兄弟姐妹,也可能是我们的老师,抑或萍水相逢的路人。童年的记忆遵循着非常玄妙神秘的规律,你着意要记住的事情和人物,很可能湮没在岁月的灰烬中,但某些特定的人和事,却挥之不去,影响我们的一生。如果你不把它们寻找出来,并重新认识和把握,它就可能像

阳光麦田
美丽乡村助读书系

一道符咒,在下意识的海洋中潜伏着,影响潮流和季风的走向。你的某些性格和反应模式,由于"重要他人"的影响,而被打上了深深的烙印。

这段话有点拗口,还是讲个故事吧。故事的主人公是我和我的"重要他人"。

她是我的音乐老师,那时很年轻,梳着长长的大辫子,有两个漏斗一样深的酒窝,笑起来十分清丽。当然,她生气的时候酒窝隐没,脸绷得像一块苏打饼干,木板一样干燥,很是严厉。那时我大约十一岁,个子长得很高,是大队委员,也算个孩子里的小官,有很强的自尊心和虚荣心了。

学校组织"红五月"歌咏比赛,要到中心小学参赛。校长很重视,希望歌咏队能拿好名次,为校争光。最被看好的是男女小合唱,音乐老师亲任指挥。每天下午集中合唱队的同学们刻苦练习。我很荣幸被选中,每天放学后,在同学们羡慕的眼光中,走到音乐教室,引吭高歌。

有一天练歌的时候,长辫子的音乐老师突然把指挥棒一丢,一个箭步从台上跳下来,东瞄西看。大家不知所以,齐刷刷闭了嘴。她不耐烦地说,都看着我干什么?唱!该唱什么唱什么,大声唱!说完,她侧着耳朵,走到队伍里,歪着脖子听我们唱歌。大家一看老师这么重视,唱得就格外起劲。

长辫子老师铁青着脸转了一圈儿,最后走到我面前,做了一个斩钉截铁的手势,整个队伍瞬间安静下来。她叉着腰,一字一顿地说,毕淑敏,我在指挥台上总听到一个人跑调儿,不知是谁。我走下来一个人一个人地听,总算找出来了,原来就是你!一颗老鼠屎坏了一锅汤!现在,我把你除名了!

我木木地站在那里,无法接受这突如其来的打击。刚才老师在我身旁停留得格外久,我还以为她欣赏我的歌喉,唱得分外起劲,不想却被抓了个"现行"。我灰溜溜地挪出了队伍,羞愧难当地走出音乐教室。

那时的我,基本上还算是一个没心没肺的女生,既然被罚下场,就自认倒霉吧。我一个人跑到操场,找了个篮球练起来,给自己宽心道,嘿,不要我唱歌就算了,反正我以后也不打算当女高音歌唱家。还不如练练球,出一身臭汗,自己闹个筋骨舒坦呢!(嘿!小小年纪,已经学会了中国小老百姓传统的精神胜利法)这

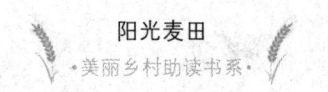

样想着,幼稚而好胜的心也就渐渐平和下来。

三天后,我正在操场上练球,小合唱队的一个女生气喘吁吁地跑来说,毕淑敏,原来你在这里!音乐老师到处找你呢!

我奇怪地说,找我干什么?

那女生说,好像要让你重新回队里练歌呢!

我挺纳闷,不是说我走调厉害,不要我了吗?怎么老师又改变主意了?对了,一定是老师思来想去,觉得毕淑敏还可用。从操场到音乐教室那几分钟路程,我内心充满了幸福和憧憬,好像一个被发配的清官又被皇帝从边关召回来委以重任,要高呼"老师圣明"了(正是瞎翻小说,胡乱联想的年纪)。走到音乐教室,我看到的是挂着冰霜的"苏打饼干"。长辫子老师不耐烦地说,毕淑敏,你小小年纪,怎么就长了这么高的个子?!

我听出话中的谴责之意,不由自主就弓了脖子塌了腰。从此,这个姿势贯穿了我的整个少年和青年时代,总是略显驼背。老师的怒气显然还没发泄完,她说,你个子这么高,唱歌的时候得站在队列中间,你跑调儿走了,我还得让另外一个男生也下去,声部才平衡。人家招谁惹谁了?全叫你连累的,上不了场!

我深深低下了头，本来以为只是自己的事，此刻才知道还把一个无辜者拉下了水，实在无地自容。长辫子老师继续数落，小合唱本来就没有几个人，队伍一下子短了半截，这还怎么唱？现找这么高个子的女生，合上大家的节奏，哪儿那么容易？现在，只剩下最后一个法子了……

老师看着我，我也抬起头，重燃希望。我猜到了老师下一步的策略，即便她再不愿意，也会收我归队。我当即下决心要把跑了的调儿扳回来，做一个合格的小合唱队员！

我眼巴巴地看着长辫子老师，队员们也围了过来。在一起练了很长时间的歌，彼此都有了感情。我这个大嗓门儿走了，那个男生也走了，音色轻弱了不少，大家也都欢迎我们归来。

长辫子老师站起来，脸绷得好似新纳好的鞋底。她说，毕淑敏，你听好，你人可以回到队伍里，但要记住，从现在开始，你只能张嘴，绝不可以发出任何声音！说完，她还害怕我领会不到位，伸出颀长的食指，笔直地挡在我的嘴唇间。

我好半天才明白了长辫子老师的禁令——让我做一个只张嘴不出声的木头人。泪水憋在眼眶里打转，却不敢流出来。我没有

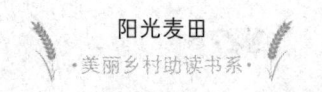

勇气对长辫子老师说，如果做傀儡，我就退出小合唱队。在无言的委屈中，我默默地站到了队伍中，从此随着器乐的节奏，口形翕动，却不能发出任何声音。长辫子老师还是不放心，只要一听到不和谐音，锥子般的目光第一个就刺到我身上……

小合唱在"红五月"歌咏比赛中拿了很好的名次，只是我从此遗下再不能唱歌的毛病。毕业的时候，音乐考试是每个学生唱一支歌，但我根本发不出自己的声音。音乐老师已经换人，并不知道这段往事。她很奇怪，说，毕淑敏，我听你讲话，嗓子一点毛病也没有，怎么就不能唱歌呢？如果你坚持不唱歌，你这一门没有分数，你不能毕业。

我含着泪说，我知道。老师，不是我不想唱，是我真的唱不出来。老师看我着急成那样，料我不是成心捣乱，只得特地出了一张有关乐理的卷子给我，我全答对了，才算有了这门课的分数。

后来，我报考北京外语学院附中，口试的时候，又有一条考唱歌。我非常决绝地对主考官说，我不会唱歌。那位学究气的老先生很奇怪，问，你连《学习雷锋好榜样》也不会唱？那时候，全中国的人都会唱这首歌，我要是连这也不会，简直就是"白痴"

了。但我依然很肯定地对他说，我不唱。主考官说，我看你胳膊上戴着三道杠，是个学生干部。你怎么能不会唱？当时我心里想，我豁出去不考这所学校了，说什么也不唱。我说，我可以把这首歌词默写出来，如果一定要测验我，就请把纸笔找来。那老人居然真的去找纸笔了……我抱定了被淘汰出局的决心，拖延时间不肯唱歌，和那群严谨的考官们周旋争执，弄得他们束手无策。没想到发榜时，他们还是录取了我。也许是我一通胡搅蛮缠，使考官们觉得这孩子没准儿以后是个谈判的人才吧。入学之后，我迫不及待地问同学们，你们都唱歌了吗？大家都说，唱了啊，这有什么难的。我可能是那一年北外附中录取的新生中唯一没有唱歌的孩子。

　　在那以后几十年的岁月中，长辫子老师那竖起的食指，如同一道符咒，锁住了我的咽喉。禁令铺张蔓延，到了凡是需要用嗓子的时候，我就忐忑不安，逃避退缩。我不但再也没有唱过歌，就连当众发言演讲和出席会议做必要的发言，都会在内心深处引发剧烈的恐慌。我能躲则躲，找出种种理由推托搪塞。会场上，眼看要轮到自己发言了，我会找借口上洗手间溜出去，招致怎样的后果和眼光，也完全顾不上了。有人以为这是我的倨傲和轻慢，甚至是失礼，只有我自己才知道，是内心深处不可言喻的恐惧和哀痛在作祟。

直到有一天，我在做"谁是你的重要他人"这个游戏时，写下了一系列对我有重要影响的人物之后，脑海中不由自主地浮现出长辫子音乐老师那有着美丽的酒窝却像铁板一样森严的面颊，一阵战栗滚过心头。于是我知道了，她是我的"重要他人"。虽然我已忘却了她的名字，虽然今天的我以一个成人的智力，已能明白她当时的用意和苦衷，但我无法抹去她在一个少年心中留下的惨痛记忆。烙红的伤痕直到数十年后依然冒着焦煳的青烟。

弗洛伊德精神分析学派认为，即使在那些被精心照料的儿童那里，也会留下心灵的创伤。因为儿童智力发展的规律，当他们幼小的时候，不能够完全明辨所有的事情，以为那都是自己的错。

孩子的成长，首先是从父母的瞳孔中确认自己的存在。他们稚弱，还没有独立认识世界的能力。如同发育时期的钙和鱼肝油会进入骨骼一样，"重要他人"的影子也会进入儿童的心理年轮。"重要他人"说过的话，做过的事，他们的喜怒哀乐和行为方式，会以一种近乎魔法的力量，种植在我们心灵最隐秘的地方，生根发芽。

在我们身上，一定会有"重要他人"的影子。

美国有一位著名的电视主持人，叫作奥普拉·温弗瑞。2003年，她登上了《福布斯》身家超过十亿美元的"富豪排行榜"，成为黑人女性获得巨大成功的代表。

父母没有结婚就生下了她，她从小住的房子连水管都没有。一天，温弗瑞正躲在屋角读书，母亲从外面走进来，一把夺下她手中的书，破口大骂道："你这个没用的书呆子，把你的屁股挪到外面去！你真的以为你有什么了不起？你这个白痴！"

温弗瑞九岁就被表哥强暴，十四岁怀了身孕，孩子出生后就死了。温弗瑞自暴自弃，开始吸毒，然后又暴饮暴食，吃成了一个大胖子，还曾试图自杀。那时，没有人对她抱有希望，包括她自己。就在这时，她的生父对她说：

有些人让事情发生，

有些人看着事情发生，

有些人连发生了什么都不知道。

极度空虚的温弗瑞开始挣扎奋起,她想知道自己的生命中究竟会有些什么样的事情发生。她要顽强地去做"让事情发生的人"。大学毕业之后,她获得了一个电视台主持人的位置。1984年,她开始主持《芝加哥早晨》的节目,大获成功,在很短的时间里成为全美收视率最高的节目。她开始发动全国范围内的读书节目,她对书狂热的爱和她的影响力,改变了很多书的命运。只要她在自己的脱口秀节目里对哪本书给予好评,那本书的销量就会节节攀升。

温弗瑞成立了自己的公司,创办了畅销杂志,还参股了网络公司。她乐善好施的名声和她的节目一样响亮。她每年把自己收入的百分之十用来做慈善捐助。温弗瑞亲手推动了太多的事情发生!她认为,这主要来源于她父亲的那一句话。

如果让温弗瑞写下她的"重要他人",她的父亲一定高居榜首。他不但给予了温弗瑞生命,而且给予了她灵魂。温弗瑞的母亲也算一个。她以精神暴力践踏了幼小的温弗瑞对书籍的热爱,潜藏的愤怒在蛰伏多年之后变成了不竭的动力,使成年以后的温弗瑞以极大的热情投身和书籍有关的创造性劳动中,不但自己读了大量的书，还不遗余力地把好书推荐给更多的人。那个侮辱侵犯了温弗瑞的表哥，也要算作她的"重要他人"，他的行为直接导致了她的巨大痛苦和放任自流，也在很多年后，主导了她执掌财富之后，把大量款项用于慈善事业，特别是援助儿童和黑人少女。

看，"重要他人"就是如此影响人的生活和命运的。

美国通用电气公司的CEO杰克·韦尔奇，被誉为全球第一CEO。在短短二十年里，韦尔奇使通用电气的市值增加了三十多倍，达到了四千五百亿美元，排名从世界第十位升到了第二位。韦尔奇说，母亲给他的最伟大的礼物就是自信。韦尔奇从小就口吃，就是平常所说的"结巴"。在大学读书的时候，每逢星期五，天主教徒是不准吃肉的，所以在学校的餐厅里，韦尔奇经常会点一份烤面包夹金枪鱼。奇怪的是，女服务员端上来的都是两份。为什么呢？因为韦尔奇结巴，总是把这份食谱的第一个单词重复一遍，服务员就听成了"两份金枪鱼"。

面对这样一个吭吭哧哧的孩子，韦尔奇的母亲居然找出了完美的理由。她对幼小的韦尔奇说："这是因为你太聪明了，没有任何一个人的舌头，可以跟得上你这样聪明的脑袋。"

阳光麦田
美丽乡村助读书系

韦尔奇记住了母亲的这种说法，从未对自己的口吃有过丝毫的忧虑。他充分相信母亲的话，他的大脑比他的舌头转得更快。母亲引导着韦尔奇不断进取，直到他抵达辉煌的顶峰。母亲是韦尔奇的"重要他人"。

再讲一个苹果的故事。准确地说，是两个苹果的故事。

一位妈妈有两个孩子，她拿出两个苹果。两个苹果一个大一个小，妈妈让两个孩子自己来挑。大儿子很想要那个大苹果，正想着怎么说才能得到这个苹果，弟弟先开了口，说，我想要大苹果。妈妈呵斥道，你想要大的苹果，你不能说。这个大儿子灵机一动，改口说，我要这个小苹果，大苹果就给弟弟吧。妈妈说，这才是好孩子。于是，妈妈就把小苹果给了小儿子，大儿子反倒得到了又红又大的苹果。大儿子从妈妈这里得到了一条人生的经验：你心里的真心话不可以说，你要把真实掩藏起来。后来，这个大儿子就把从苹果事件中得到的道理应用于自己的生活，见人只说三分话，要阴谋使诡计，巧取豪夺，直到有一天把自己送进了监狱。这个成了犯人的大儿子，如果写下自己的"重要他人"，我想他会写下妈妈和这个大苹果。

还有一位妈妈，有一篮苹果和一群孩子，也是人人都想得到大苹果。妈妈把苹果拿到手里，说，大苹果只有一个，你们兄弟这么多，给谁呢？我把门前的草坪划成三块，你们每人去修剪一块草坪。谁修剪得又快又好，谁就能得到这个大苹果。

众兄弟中的老大得到了大苹果。

他从中悟出的生活哲理是——享受要靠辛勤的劳动换取。

这个信念指导着他，直到他最后走进了白宫，成为著名的政治家。如果由他来写下自己的"重要他人"，妈妈和大苹果也会赫然在列。

看了以上的例子，你是不是对"重要他人"的重要性有了进一步的认识？也许有的人会说，我儿时的记忆早已模糊，可不记得什么他人不他人的了。我现在的所作所为，都是我自己决定的，和其他人没关系。

这个说法有一定的道理，在我们的意识中，很多决定的确是经过仔细思考才做出的。但人是感情动物，情绪常常主导着我们的决定。而情绪是怎样产生的呢？这也和我们与"重要他人"的关系密切相关。

阳光麦田
·美丽乡村助读书系·

有一位著名的心理学家,叫作艾利斯,他认为,人的非理性信念会直接影响一个人的情绪,使他遭受困扰,导致人产生很多痛苦。比如,有的人绝对需要获得周围环境的认可,特别是获得每一位"重要他人"的喜爱和赞许,其实这是不可能实现的事。有人就是笃信这个观念,把它奉作真理,千辛万苦,甚至委屈自己来取悦"重要他人",以后还会扩展到取悦更多的人,甚至所有的人,以得到其赞赏。结果呢,达不到目的不说,还令自己沮丧失望,受挫和被伤害。

传统脑神经学认为,每一种情绪都是经过大脑的分析才做出反应的,但近年来,美国的神经科学家却找到了情绪神经传输的通道。通过精确的研究,科学家们发现,有部分原始信号是直接从人的丘脑运动中枢发出,引起逃避或是冲动的反应,其速度极快,大脑的分析根本来不及介入。大脑里,有一处记忆情绪经验的地方,叫作杏仁核,它将我们过去遇见事情时的情绪、反应记录下来,好像一个忠实的档案保管员。在以后的岁月中,只要一发生类似事件,杏仁核就会越过大脑的理性分析,直接做出反应。

真是"成也萧何,败也萧何"。杏仁核这支快速反应部队,既帮助我们在危急的时刻，成功地缩短应对时间，保全我们的利益，也会在某些时候形成固定的模式，贻误我们的大事。

杏仁核里储存的关于情绪应对的档案资料，不是一时一刻积存的。"重要他人"为什么会对我们产生那么重要的影响，我猜想，关于"重要他人"的记忆，是杏仁核档案馆里使用最频繁的卷宗。往事如同拍摄过的底片，储存在暗室，一有适当的药液浸泡，它们就清晰地显影，如同刚刚发生一般，历历在目，相应的对策不经大脑筛选就已经完成。

魔法可以被解除。那时你还小，你受了伤，那不是你的错。但你的伤口至今还在流血，你却要自己想法包扎。如果它还像下水道的出口一样嗖嗖地冒着污浊的气味，还对你的今天、明天继续发挥着强烈的影响，那是因为你仍在听之任之。童年的记忆无法改写，但对一个成年人来说，却可以循着"重要他人"这条缆绳，重新梳理我们和"重要他人"的关系，重新审视我们应对问题的规则和模式。如果它是合理的，就变成金色的风帆，成为理智的一部分；如果它是晦暗的荆棘，就用成年人有力的双手把它粉碎。这个过程不是一蹴而就的，有时自己完成力不从心，或是吃力和痛苦，还需要借助专业人士的帮助，比如求助于心理咨询师。

也许有人会说，"重要他人"对我的影响是正面的，正因为心中有了他们的身影和鞭策，我才取得了今天的成绩。这个游戏，并不是要把"重要他人"像拔萝卜一样连根揪出来，然后与之决裂。对我们有正面激励作用的"重要他人"，已经成为我们精神结构的一部分。他们的期望和教诲已化成了我们的血脉，我们永远不会丢弃对他们的信任和仁爱。但我们不是活在"重要他人"的目光中，而是活在自己的努力中。无论那些经验和历史多么宝贵，对于我们来说，已是如烟往事。我们是为了自己而活着，并为自己负起全责。

经过处理的惨痛往事，已丧失实际意义上的控制能力。长辫子老师那句"你不要发出声音"的指令，对今天的我来说，早已没有了辖制之功。

就是在最饱含爱意的环境中长大的孩子，也会存有心理的创伤。

寻找我们的"重要他人"，就是抚平这创伤的温暖之手。

当我把这一切想清楚之后，好像有热风从脚底升起，我能清楚地感受到长久以来禁锢在我咽喉处的冰霜噼噼啪啪地裂开了，一个轻松畅快的我，从符咒下解放了出来。从那一天开始，我可以唱歌了，也可以面对众人讲话而不胆战心惊了。从那一天开始，我宽恕了我的长辫子老师，并把这段经历讲给其他老师听，希望他们面对孩子稚弱的心灵，懂得该是怎样地谨慎小心。童年时留下烙印的负面情感，难以简单地用时间的橡皮轻易地擦去。这就是心理治疗的必要性所在。和谐的人格不是从天上掉下来的，而是和深刻的内省有关。

告诉缺水的人哪里有水源，告诉寒冷的人哪里有篝火，告诉生病的人哪里有药草，告诉饥饿的人哪里有野果，这些都是天下最好的礼物。

如果让我选出自己最喜欢的游戏，我很可能要把票投给"谁是你的重要他人"。感谢这个游戏，它在某种程度上修改了我的人生。人的创造和毁灭都是由自己完成的，人永远是自己的主人。即使当他在最虚弱、最孤独的时候，他也是自己的主人。当他开始反省自己的状况，开始辛勤地寻找自己的生命所依据的法则时，他就渐渐变得平静而快乐了。

阳光麦田
·美丽乡村助读书系·

心灵拒绝创可贴

题 记

真谛是别人强加给你的意义，无论它多么正确，如果它不曾进入你的心理结构，它就永远是身外之物。

我有过若干次演讲的经历，在北大和清华，在军营和监狱，在农村土坯搭建的课堂和美国最奢华的私立学校……面对从医学博士到纽约贫民窟的孩子等人群，我都会很直率地谈出对问题的想法。在我的记忆中，有一次的经历非常难忘。

那是一所很有名望的大学，约过我好几次了，说学生们期待和我进行讨论。我一直推辞，我从骨子里不喜欢演说。每逢答应一桩这样的公差,就要莫名地紧张好几天。但学校方面很执着,在第N次邀请的时候说:该校的学生思想之活跃甚至超过了北大,会对演讲者提出极为尖锐的问题,常常让人下不了台,有时演讲者简直是灰溜溜地离开学校。

听他们这样一讲,我的好奇心就被激发出来,我说,我愿意接受挑战。于是,我们就商定了一个日子。

那天,大学的礼堂挤得满满的。当我穿过密密的人群走向讲台的时候,心里涌起一种怪异的感觉,好像是"文化大革命"期间的批斗会场,不知道今天将有怎样的场面出现。果然,从我一开始讲话,就不断地有条子递上来,不一会儿,就在手边积成了厚厚一堆,好像深秋时节被清洁工扫起的落叶。我一边演讲,一边充满了猜测,不知树叶中潜藏着怎样的思想炸弹。演讲告一段落,进入回答问题阶段,我迫不及待地将堆积如山的纸条一张张打开阅读。那一瞬,台下变得死寂,偌大的礼堂仿若空无一人。

我看完了纸条,说,有一些表扬我的话,我就不念了。除此之外,纸条上提得最多的问题是:"人生有什么意义?请你务必说真话,因为我们已经听过太多言不由衷的假话了。"

阳光麦田
·美丽乡村助读书系·

我念完这张纸条以后，台下响起了掌声。我说："你们今天提出这个问题很好，我会讲真话，我在西藏阿里的雪山之上，面对着浩瀚的苍穹和壁立的冰川，如同一个茹毛饮血的原始人，反复地思索过这个问题。我相信，一个人在他年轻的时候，是会无数次地叩问自己——我的一生，到底要追索怎样的意义？

"我想了无数个晚上和白天，终于得到了一个答案。今天，在这里，我将非常负责地对大家说，我思索的结果是：人生是没有任何意义的！"

这句话说完，全场出现了短暂的寂静，如同旷野一般。但是，紧接着就响起了暴风雨般的掌声。那是我在讲演中获得的最热烈的掌声。在以前，我从来不相信有什么"暴风雨般的掌声"，觉得那只是一个拙劣的比喻，但这一次，我相信了。我赶快用手做了一个"暂停"的手势，但掌声还是绵延了好长时间。

我说："大家先不要忙着给我鼓掌，我的话还没有说完。我说人生是没有意义的，这不错，但是——我们每一个人要为自己确立一个意义！"

是的，关于人生意义的讨论，充斥在我们周围。很多说法，由于熟悉和重复,已让我们从熟视无睹滑到了厌烦。可是,这不是问题的真谛。真谛是别人强加给你的意义,无论它多么正确,如果它不曾进入你的心理结构,它就永远是身外之物。比如,我们从小就被家长灌输过人生意义的答案。在此后漫长的岁月里,谆谆告诫的老师和各种类型的教育,也都不断地向我们"批发"人生意义的补充版。但是,有多少人把这种外在的框架,当成了自己内在的标杆,并为之下定了奋斗终生的决心?

那一天结束讲演之后,我听到有同学说,他觉得最大的收获是听到有一个活生生的中年人亲口说,人生是没有意义的,你要为之确立一个意义。

其实,不单是中国的青年人在目标这个问题上飘忽不定,就是在美国的著名学府哈佛大学,也有很多人无法在青年时代就确立自己的目标。我看到一则材料,说某年哈佛的毕业生临出校门的时候,校方对他们做了一个有关人生目标的调查,结果是百分之二十七的人完全没有目标,百分之六十的人目标模糊,百分之十的人有近期目标,只有百分之三的人有着清晰而长远的目标。

二十五年过去了,那百分之三的人不懈地朝着一个目标坚韧

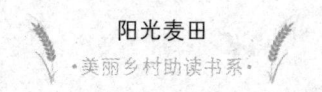

努力,成了社会的精英,而其余的人成就要相差很多。

我之所以提到这个例子,是想说明在人生目标的确立上,无论中国还是外国的青年,都遭遇到了相当程度的朦胧或是混沌状态。有人会说,是啊,那又怎么样?我可以一边慢慢成长,一边寻找自己的人生意义啊。我平日也碰到很多的青年朋友,诉说他们的种种苦难。我在耐心地听完那些折磨他们的烦心事之后,把渴求的目光撇在一旁,我会问:"你的人生目标是什么?"

他们通常会很吃惊,好像怀疑我是否听懂了他们的愁苦,甚至恼怒我为什么对具体的问题视而不见,而盘问他们如此不着边际的空话。更有甚者,以为我根本就没有心思听他们说话,自己胡乱找了个话题来搪塞。

我会迎着他们疑虑的目光,说:"请回答我的这个问题,你为什么而活着呢?"

年轻人一般会很懊恼地说:"这个问题太大了,和我现在遇到的事没有一点关联。"我会说:"你错了。"世上的万事万物都有关联。有人常常以为心理上的事只和单一的外界刺激有关,就事论事,其实人生的大目标和心理有着纲举目张的紧密联系。很多心理问题,实际上都是人生的大目标出现了混乱和偏移。

举个例子。一个小伙子找到我,说他为自己说话很快而苦恼。他交了一个女朋友,感情很好,但女孩子不喜欢他说话太快。一听他口若悬河滔滔不绝地说个没完,女孩就说自己快变成大头娃娃了,还说如果他不改掉这毛病,就不能引见他认识自己的妈妈,因为老人家最烦的就是说话爱吐唾沫星子的人。

"您说我怎么才能改掉说话太快的毛病?"他殷切地看着我,闹得我都觉得如果不帮他这个忙,简直就成了毁掉他爱情和事业的凶手。

我说:"你为什么要讲话那么快呢?"

他说:"如果慢了,我怕人家没有耐心听完我的话。您知道,现在的社会,节奏那么快,你讲慢了,人家就跑了。"

我说:"如果按照你的这个观点发挥下去,社会节奏越来越快,你岂不是就得说绕口令了?你的准丈母娘就不是这样的人啊,她就喜欢说话速度慢一点并且注意礼仪的人啊。"

他说:"好吧,就算您说的这两种人可以并存,但我还是觉得说话快一些,比较占便宜,可以在单位时间内传达更多的信息。"

我说:"那你的关键就是期待别人能准确地接受你的信息。你以为只有快速发射信息才是唯一的途径。你对自己的观点并不自信。"

他说:"正是这样。我生怕别人不听我的,我就快快地说,多多地说。"当他这样说完之后,连自己也笑起来。我说:"其实别人能否接受我们的观点,语速并不是最重要的。而且,你能告诉我吗,你为什么这样在意别人是否能接受你的观点?"

这个说话很快的男孩突然语塞起来,忸怩着说:"我把理想告诉你,您可不要笑话我。"

我连连保证绝不泄密。他说:"我的理想是当一个政治家。所有的政治家都很雄辩,您说对吧?"

我说:"这咱们就基本接触到了问题的实质。要当一个政治家,第一要自信。他们的雄辩不是来自速度,而是来自信念。一个自信的人,不论说话快还是慢,他们对自我信念的坚守流露出来,就会感染他人。我知道你有如此远大的理想,这很好。你要做的事,不是把话越说越快,而是积攒自己的力量,让自己的信念更加坚强。"

那一天的谈话就到此为止。后来，这个男生告诉我，他讲话的速度慢了下来，也被批准见到了自己的准丈母娘，听说很受欢迎。

这边刚刚解决了一个说话快的问题，紧接着又来了一位女硕士，说自己的问题是讲话太慢，周围的人都认为她有很深的城府，不敢和她交朋友，以为在她那些缓慢吐出的话语背后，隐藏着怎样的阴谋。

"我试了很多方法，却无法让自己说话快起来，烦死了。"她慢吞吞地对我这样说，语速的确有一种压抑人的迟缓，好像在话的背后还隐藏着另一句话。

我看她急迫的神情，知道她非常焦虑。

我说："你讲每一句话是否都要经过慎重的考虑？"

她说："是啊。如果不考虑，讲错了话，谁负得了这个责？"

我说："你为什么特别怕讲错话？"

女硕士说："因为我输不起。我家庭背景不好，家里有人犯了罪，周围的人都看不起我；家里很穷，从小靠亲戚的施舍我才能坚持学业。我生怕一句话说差了，人家不高兴，就不给我学费了。

所以，连问一句'你吃了吗'这样最普通的话，我也要三思而后行。我怕人家说'你连自己的饭都吃不饱，也配来问别人吃饭问题'。"

听到这里，我说我明白了，你觉得自己的每一句话都可能招致他人的误解，给自己造成不良影响。

女硕士连连说："对对，就是这样的。"

我笑了，说："你这一句话说得并不慢啊。"

她说："那我是相信你不会误会我。"

我说："这就对了。你说话速度慢，不是一个技术性的问题，是你不能相信别人。你是否准备一辈子都不相信任何人？如果是这样的话，我断定你的讲话速度是不会改变的。如果你从此相信他人，讲话的速度自然会比较适宜，既不会太慢，也不会太快，而是能收放自如。"

那个女生后来果然有了很大的改变，她的人际关系也有了改观。

今天我们从一个很大的目标谈起，结果要在一个很小的地方结束。我想说，一个人的内心像是一座斗拱飞檐的宫殿，这座宫殿的基础就是我们对自己人生目标的规划和对世界、对他人的基本看法。一些看起来是技术和表面的问题，其实内里都和我们的基本人生观有着千丝万缕的联系。心理问题切不可头痛医头、脚痛医脚，那样如同创可贴，只能暂时封住小伤口，却无法从根本上让我们的精神强健起来。

阳光麦田
·美丽乡村助读书系·

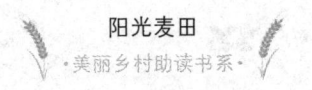

看着别人的眼睛

题 记

当我在月夜里面对星空的时候,我注视着宇宙的眼睛。那是苍穹无数的星辰。天是那样幽蓝而辽阔,周围是那样静寂而悠远。

很小的时候,如果我有了过失,说了谎话,又不愿承认的时候,妈妈就会说:看着我的眼睛。如果我襟怀坦荡,我就敢看着她的眼睛,否则就只有羞愧地低头。

从此,我面对别人的时候,总是看着他的眼睛。

当我失败的时候,看着亲人的眼睛,我无地自容。悲伤会使我的眼睛噙满泪水,却不会使我闭上眼睛。看着批评我的目光,我会被激起正视缺点的勇气与信心。我会仔细回顾我走过的路，看看自己是怎样跌倒的，今后如何避开同样的危险。

当我得到表扬的时候，我也快乐地注视着别人的眼睛。我不喜欢假装谦虚把睫毛深深地垂下，一个人回到僻静处悄悄地乐。我愿意心中的喜悦像满桶的水一样溢出来，同我的朋友们分享。在我的亲人、我的朋友的眼睛里，我读出了他们的快活和对我更高的希冀。表扬不仅没有使我忘乎所以，反倒使我感到肩上的担子更加沉重。成功好比是一座小山，一个准备走很远的路的旅人，站得高了，才会看到目的地的篝火，他会加快自己的脚步。

当我面对陌生人的时候，我会格外注视他的眼睛。眼睛是心灵的窗户，这已经是被说腻了的古话，可我要说眼睛不仅仅是窗户，它还是心灵的家。假如陌生人的目光坦诚而友好，我会向他伸出我的手。假如陌生人的目光犹疑而彷徨，我断定他是一个没有主见的人，不能与他成为朋友。假如陌生人的目光躲闪而阴暗，我会退避三舍，在心里敲起警钟。假如陌生人的目光孤苦无告，我愿意提供力所能及的帮助。

当我面对熟识的人的时候，我会观察他的眼睛有没有变化。

阳光麦田
·美丽乡村助读书系·

岁月会改变一个人的眼光,就像油漆的家具会变色一样。但是有些老朋友的眼光是不会变的,像最清澈的水晶,晶莹一生。但他们的眼睛会随着喜怒哀乐而变换颜色,作为朋友,我愿与他们分担。假如他们悲哀,我愿为他们宽心;假如他们喜悦,我愿与他们分享;假如他们焦虑,我愿出谋划策;假如他们忧郁,我愿陪着他们沿着静静的小河走很远很远。

当我独自一人面对镜子的时候,我严格地审视着自己的眼睛。它是否还保持着童年人的纯真与善良?它是否还凝聚着少年人的敏锐与蓬勃?它在历尽沧桑以后,是否还向往人世间的真善美?面对今后岁月的风霜雨雪,它是否依旧满怀勇气与希望?

当我面对森林的时候,我注视着森林的眼睛。它就是树干上斑驳的年轮和随风摇曳的无数嫩叶。它们既苍老又年轻,流露出大自然无限的生机。

当我在月夜里面对星空的时候,我注视着宇宙的眼睛。那是苍穹无数的星辰。天是那样幽蓝而辽阔,周围是那样静寂而悠远。作为一个单独的人,我们是多么渺小啊!但正是看似微不足道的人类,开始了征服宇宙的长征。在这个意义上,人类又是那样伟大而悲壮。每一个孤立的人，都像小星星一样微弱，但集结起来，就可以给迷途的人指引方向，就可以在黑暗中放出光明。

我注视着滔滔的流水，浪花就是它的眼睛。生命在于运动，假如大海没有了波涛，就结束了它浩瀚博大的使命，大海就瞎了，成为一潭死水，再也不能负载舟楫远航，再也不能任海鸥翱翔，再也不能繁养无数的水族，再也不能驮着我们在海滩上嬉戏……

世界上所有的生灵都有它们的眼睛，就看你用不用心寻找，就看你有没有勇气和它对视。

当我刚刚开始学习注视别人的眼睛的时候，心中很有些不安。我觉得自己是个小小的孩童，我怎么敢看着别人的眼睛？那不是太不尊敬人了吗？我对妈妈讲了我的顾虑。她笑了，说，那你明天试着看看老师的眼睛。

第二天，在课堂上，我开始注视老师的眼睛。好怪啊，老师好像专门给我一个人讲课似的。我的思考紧紧地跟随老师的讲解，在知识的密林里寻觅。当讲到重要的地方，我看到老师的眼睛里冒出精彩的火花，我知道自己一定要记住它。当老师的眼光像湖水一样平静的时候，我知道这只需要一般掌握。当我在读老师的

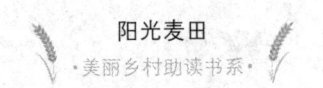

眼睛的时候,老师也在读我的眼睛。假如我显现出迷惘与困惑,老师就会停顿他讲解的步伐,在原地连兜几个圈子,直到我的目光重又明亮如洗。假如我调皮地向他眨眨眼睛,他会突然把讲了一半的话咽进嘴里。他知道我已心领神会,可以继续向下讲了。

我这才知道,眼睛对眼睛,是可以说话的。它们进行无声的交流,在这种通行的世界语里,容不得谎言,用不着翻译。它们比嘴巴更真实地反映出一个人隐秘的内心世界。

随着年龄的增长,我明白了注视着别人的眼睛是一种郑重,是一种尊敬,是一种信任,是一种坦诚。

当然了,这种注视不是死瞪瞪地盯着人家看,那样可真有点儿傻乎乎并且不文雅了。注视的目光应该是宁静而安然的,好像是我们在晴朗的天气眺望远处的青山。

如果我听懂了他的话,我会轻轻地点头。如果我需要他详细解说,我会用目光传达出这种请求。

注视别人的眼睛,也给自己提出了更高的要求。

当我注视着别人的眼睛说"谢谢你"的时候,我必须发自内心地真诚。

当我注视着别人的眼睛说"对不起"的时候，我必须传递由衷的歉意。

当我注视着别人的眼睛说"我能把这件事做好"时，我一定要有"下一个必胜"的信心。

当我注视着别人的眼睛说"请相信我"时，我觉得自己陡然间增长了才干和胆魄。

医学家证明，人在说谎的时候，无论他多么历练老辣，他的眼睛都会泄露他的秘密。他的瞳孔会扩散变大，他的视线会游移，眼睑也会不由自主地下垂。

为了我们能够勇敢地注视别人的眼睛并且不怕被别人注视，让我们做一个襟怀坦荡、心灵像水晶般透明的人。

阳光麦田
·美丽乡村助读书系·

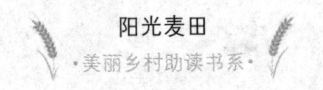

行使拒绝权

题 记

当你抱怨时间像被无数餐刀分割的蛋糕,再也找不到属于你自己的那朵奶油花时,尝试一下拒绝吧。

拒绝是一种权利,就像生存是一种权利。

古人说,有所不为才能有所为。这个"不为",就是拒绝。人们常常以为拒绝是一种迫不得已的防卫,殊不知它更是一种主动的选择。

纵观我们的一生,选择拒绝的机会,实在比选择赞成的机会要多得多。因为生命属于我们只有一次,要用唯一的生命成就一种事业,就需在千百条道路中寻觅仅有的花径。我们确定了

"一",就拒绝了九百九十九。

拒绝如影随形,是我们一生不可拒绝的密友。

我们无时无刻不是生活在拒绝之中,它出现的频率,远较我们想象的频繁。

你穿起红色的衣服,就是拒绝了红色以外所有的颜色。

你今天上午选择了读书,就是拒绝了唱歌跳舞,拒绝了参观旅游,拒绝了与朋友的聊天,拒绝了和对手的谈判……拒绝了支配这段时间的其他种种可能。

你的午餐是馒头和炒菜,你的胃就等于庄严宣布同米饭、饺子、馅饼和各式各样的煲汤绝缘,无论你怎样逼迫它也是枉然,因为它容积有限。

你选择了律师这个职业,毫无疑问就等于拒绝了建筑师的头衔。也许一个世纪以前,同一块土地还可套种,精力过人的智者还可多方向出击,游刃有余。随着现代社会的发展,任何一行都需从业者全力以赴,除非你天分极高,否则兼做的最大可能性,是在两条战线功败垂成。

你认定了一个男人或是一个女人为终身伴侣,就斩钉截铁地拒绝了这世界上数以亿计的其他男人或女人,也许他们更坚毅、更美丽,但拒绝就是取消,拒绝就是否决,拒绝使你一劳永逸,拒绝让你义无反顾,拒绝在给予你自由的同时,取缔了你更多的自由。拒绝是一条单行道,你开启了闸门,江河就奔涌而去,无法回头。

拒绝对我们如此重要,我们在拒绝中成长和奋进。如果你不会拒绝,你就无法成功地跨越生命。

拒绝的实质是一种否定性的选择。

拒绝的时候,我们往往显得过于匆忙。

我们在有可能从容拒绝的日子里,胆怯而迟疑地挥霍了光阴。我们推迟拒绝,我们惧怕拒绝。我们把拒绝比作困境中的背水一战,只要有一分可能,就鸵鸟似的缩进沙砾。殊不知当我们选择拒绝的时候,更应该冷静和周全,更应有充分的时间分析利弊与后果。拒绝应该是慎重思虑之后一枚成熟的浆果,而不是强行捋下的酸葡萄。

拒绝的本质是一种丧失,它与温柔热烈的赞同相比,折射出冷峻的付出与掷地有声的清脆,更需要果决的判断和一往无前的勇气。

你拒绝了金钱,就将毕生扼守清贫。

你拒绝了享乐,就将布衣蔬食、天涯苦旅。

你拒绝了父母,就可能成为飘零的小舟,孤悬海外。

你拒绝了师长,就可能被逐出师门,自生自灭。

你拒绝了上司,也许意味着与一个如花似锦的前程分道扬镳。

你拒绝了机遇,它永不再回头光顾你一眼,留下终生的遗憾任你咀嚼。

拒绝不像选择那样令人心情舒畅,它森严的外衣里裹着我们始料不及的风刀霜剑,像一种后劲很大的烈酒,在漫长的夜晚使我们头晕目眩。

于是我们本能地惧怕拒绝。我们在无数应该说"不"的场合选择沉默,我们在理应拒绝的时刻延宕不决。我们推迟拒绝的那一刻,梦想拒绝的体积会随着时光的流逝逐渐缩小以至消失。

可惜这只是我们善良的愿望,真实的情境往往适得其反。我们之所以拒绝,是因为我们不得不拒绝。

不拒绝,那本该被拒绝的事物,就像菜花状的癌肿蓬蓬勃勃

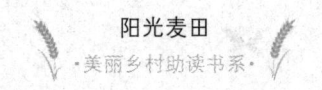

地生长、浸润，侵袭我们的生命，一天比一天更加难以救治。

拒绝是苦，然而那是一时之苦，阵痛之后便是安宁。

不拒绝是忍，心字上面一把刀。忍是有限度的，到了忍无可忍的那一刻，贻误的是时间，收获的是更大的痛苦与麻烦。

拒绝是对一个人胆魄和心智的考验。

拒绝是一门艺术。

拒绝也分阳刚派与阴柔派。

怒发冲冠是拒绝，浅吟低唱也是拒绝。义正词严是拒绝，"顾左右而言他"也是拒绝。声色俱厉是拒绝，低眉敛目也是拒绝。横刀跃马是拒绝，丝竹管弦也是拒绝。

只要心意决绝，无论何方舞台，都可演成拒绝的绝唱。

拒绝有时候需要借口。

借口是一层薄薄的帷幕。它更多表达的是一种善意、一种心情，而同表面的含义无关。

借口悬挂于双方之间，使我们彼此听得见拒绝清脆的声音，看不见拒绝淡漠的表情，因此维持着最后的礼仪。

许多被拒绝的人，执着地追问理由，以为驳倒了理由就挽回了拒绝。这实在是一种淡淡的愚蠢,理由是生长在拒绝这棵大树上取之不尽、用之不竭的叶子。如果你真的是想挽回拒绝,就去给大树浇水吧。

在某种程度上,借口会削弱拒绝的力度。它把人们的注意力牵扯到无关的细节上,而忽略了坚硬的内核。就像过多的糖稀,会损坏牙齿的珐琅质。它混淆了拒绝真实凝重的本色,使原本简单的事物变得斑驳。

相较之下,我更喜欢那种干干净净没有任何赘物的斩钉截铁的拒绝,它像北方三九天的冰凌,有一种肝胆相照的晶莹和乍然断裂的爽快,不但是个人意志的伸张,而且是给予对方的信任和尊崇。

天下无数条道路,你只能走一条。你若是条条都走,那就等于在原地转圈子。

拒绝卑微,走向崇高。

拒绝不平,争取公道。

拒绝无端的蔑视和可恶的恩惠,凭自己的双手和头颅挺身立于性别之林。

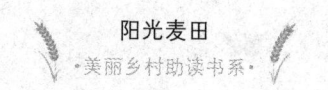

因为拒绝，我们将伤害一些人，这就像秋风必将吹尽落红一样，有时是一种必然。如果我们始终不拒绝，我们就不会伤害别人，但是我们伤害了一个跟自己更亲密的人，那就是我们自己。

拒绝的味道并不可口，当我们鼓起勇气拒绝以后，忧郁和惆怅伴随着我们，一种灵魂被挤压的感觉，久久挥之不去。

因为惧怕这种难以言说的感觉，我们有意无意地减少了拒绝。

在人生所有的决定里，拒绝是属于破坏后难以弥补的粉碎性行为。这一特质决定了我们在做出拒绝的时候，需要格外的镇定与慎重。

然而拒绝一旦做出，就像打破了的牛奶杯，再不会复原。它凝固在我们的脚步里，无论正确与否，都不必在原地长久停留。

拒绝是没有过错的，该负责任的是我们在拒绝前做出的判断。不必害怕拒绝，我们只需更周密地决断。

拒绝是一种删繁就简，拒绝是一种举重若轻。拒绝是一种大智若愚，拒绝是一种水落石出。

当利益像万花筒一般使你眼花缭乱之时，你会在混沌之中模糊了视线，尝试一下拒绝吧。

你依次拒绝那些自己最不喜欢的人和事，自己的真爱就像退潮时的礁岩，嶙峋地凸现出来，等待你的攀缘。

当你抱怨时间像被无数餐刀分割的蛋糕，再也找不到属于你自己的那朵奶油花时，尝试一下拒绝吧。

你把所有可做可不做的事拒绝掉，时间就像湿毛巾里的水，一滴一滴地拧出来了。

当你发现生活中蕴含着太多的苦恼，已经迫近一个人能够忍受的极限，情绪在崩溃的边缘时，尝试一下拒绝吧。

你也许会发现，你以前不敢拒绝，是因为怕增添烦恼。但是恰恰相反，拒绝像一柄巨大的梳子，快速地理顺了杂乱无章的日子，使天空恢复明朗。

当你被陀螺般旋转的日子搅得耳鸣目眩，忘记了自己是从哪里来、要到哪里去的时候，尝试一下拒绝吧。

你会惊讶地发觉自己从复杂的包装中清醒，唤起久已枯萎的童心，感叹我们每一个人都是自然之子。

拒绝犹如断臂，带有旧情不再的痛楚。

拒绝犹如狂飙突进，孕育天马横空的独行。

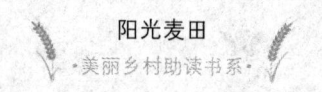

拒绝有时是一首挽歌，回荡着袅袅的哀伤。

拒绝更是破釜沉舟的勇气，一种直面淋漓鲜血、惨淡人生的气概。

拒绝也不可太多，假如什么都拒绝，就从根本上拒绝了每个人只有一次的辉煌生命。

智慧地、勇敢地行使拒绝权。

这是我们每个人与生俱来的权利，这是我们意志之舟劈风斩浪的白帆。

古早味道的冬瓜茶

题记

　　他非常自豪地说,一直的,从没有变过。有些人就是喜欢这个味道,搬家到台北去了,有时还会回来找这个茶喝。

　　甘蔗汁、青草茶、冬瓜茶……台湾到处都有卖手工制作的饮料,斜插着牌子,上书"古早味"。顾名思义,"古早",就是古老和早先的意思吧。是这样的吗?我问当地人。

　　当然,你这么拆开来从字面上看起来说,大意是不错的。但我们本地人说起"古早"的时候,有一种妈妈的味道、家常的味道,甚至是祖婆婆的味道含在里面。总而言之,就是民间用平凡

阳光麦田
·美丽乡村助读书系·

朴素的材料、简简单单的手工压榨熬煮出来的味道，与现代人用机器和化学配方勾兑出来的饮料大不同。这样说吧，古早味道，就是可乐啊雪碧啊等饮料的反义词。

深究起来，有人说"古早味"这个名称来自台湾俚语，有人说是闽南语。它代指一种渐渐消失的古老味道，应该是没有异议的。

台南的窄巷，挂着淡墨书写的冬瓜茶招牌，竖体，繁体，笔画有一点潦草柔弱，恰像伏地而生的冬瓜蔓。寥寥几笔，深有民国的味道。长条板凳，凳面油润并稍有凹陷，无数人的衣裤摩擦过，有了类似古董的包浆。十元新台币（合人民币两元）买上一杯，坐在那里，用吸管慢慢地把一种冰凉而微甜的液体，抽吸到口腔。它在舌面和牙床内外绕着圈，直到不再冰冷，才打个转儿，轻缓入胃。

在距离我不远的地方，有一大堆硕大的冬瓜，如同穿旧军服的小童般站着卧着，身上绿绿的绒毛中，埋有墨染的字迹，比如"28""32"等。这是些什么记号呢？我假装自言自语道：是怕冬瓜丢了，编着号？

我是说给在一旁的用竖刀刮冬瓜皮的老者听的。他用粗糙的手把一颗颗冬瓜扶正，然后像揩脸一样把剃刀从冬瓜的头上蹚下来，一条长长的冬瓜皮就飘垂了，好似淡绿色的围巾。冬瓜露出了青白色的内弧，如一尘不染的小沙弥。

如果他不理我，我只有闷着头喝完自己的冬瓜茶，讪讪走人。

他应话了。哪里是怕偷，那写的是冬瓜的斤数，算账用的。

他搭理了我，我欣喜了。他说，你们家用的冬瓜可真大啊，这么齐整，一定都是特地订购的。

大约有七十岁的师傅，头也不抬，手脚麻利地刮着冬瓜皮，说，是啊，熬冬瓜茶的冬瓜是越老越好，必得要二十斤以上的冬瓜。如果不提前订下，人们在冬瓜还很嫩的时候就把它摘下来，做了汤或是菜，就没有这甘甜的冬瓜茶了。

我说，冬瓜茶要熬很久吧？

他抬起头，抻了抻弯弓的腰，说，是的，很久。

我指望着他说出个具体时间，比如三小时或是一天甚至更久，可是他不再答话。

我猛然醒悟到，哦，关于时间，可能是个秘密。

阳光麦田
·美丽乡村助读书系·

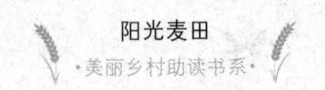

我问刮皮师傅，您这家茶店开了多久了？

老人可能因了刚才的拒不理睬我有些内疚，特别热情地回答，五十多年了。

我说，一直用一样的方法熬制冬瓜茶吗？

他非常自豪地说，一直的，从没有变过。有些人就是喜欢这个味道，搬家到台北去了，有时还会回来找这个茶喝。一买就好大一瓶，说是回家后放到冰箱冰格里冻，喝过金门高粱之后，用冬瓜茶冰块兑水，加上一片柠檬，清爽又醒酒。我每次都劝他，不要买那么多，没有防腐剂的，放不了很久啊……那人说，一碗好的冬瓜茶和一件好首饰一样，是值得收藏的。

连这种卖东西的风格，都是古早味的。

古早时，我们是酒好不怕巷子深的，不像如今，广告铺天盖地先声夺人。古早时，我们是言无二价童叟无欺的，不像现在有那么多的水分和营销策略，看人下菜碟。古早时，我们是将心比心一诺千金，不像现在一锤子买卖，做砸了就东山再起重整山河……

古早就像童年，记忆让我们滤掉了忧伤，只剩下明媚温暖的春光。

或许的，古早本身并不那样美好，但在我们的表达中，指的是那种干净简单朴素没有雕饰的味道。它删繁就简洗尽铅华，安然自在谦逊宁静。

古早不是严格的历史，只是略带暧昧的记忆之痕。比如若是要问，古早究竟是前后多少年呢？五十年前？一百二十年前？抑或更早？我猜一定是答不上来的。每一代人都有自己的"古早"，铭记在心，不经意的时刻，会被深深触动。情绪，是沉淀在骨缝里的，溢出则在眼角。

古早是崇尚自然的，因为那时的人们牢记着谁是我们的衣食父母。古早是缓慢的，凡是美好的东西都是缓慢的。我曾参观过制作烟花爆竹的作坊。甚至连烟花这种风行霹雳惊世震俗的东西，爆发时快到一眨眼的物件，早年间的诞生过程也依然是悠长细慢的。单是糊出来一个红彤彤的爆竹身，也要裁纸、扯筒、䂞筒、洗筒、腰筒、上筒、钻孔、扦引、扎引颈、结鞭……十几道工序，慢得令人心焦。爆竹完成后的俊美模样，你会觉得一瞬间让它灰飞烟灭是何等暴殄天物。

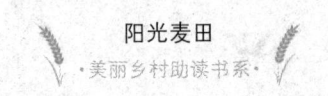

扯远了，还是来说冬瓜茶。它妙就妙在虽然是低微的冬瓜熬出来的，但你绝对喝不出冬瓜的味道，而是沁人心脾的柔和。它并不像做菜肴时，需要猪肉和羊肉的丸子陪衬着提高身份。此茶仅一味，回甘悠远，独步天下。

我看到对面街角处，有卖各种西式罐装饮料的，花团锦簇。再看手中软软塑料杯装的冬瓜茶，黑乎乎如同一味中药，问老人说，如今竞争激烈，冬瓜茶的生意可好做？

他手脚麻利操作着，头也不抬地回答，冬瓜味甘而性寒，可以去烦躁、解热毒、降胃火，还外带消炎。古书中更有说它——好颜色益气不饥，久服轻身耐老。现在什么东西只要一沾上美容和长寿，就有人哭爹喊娘地赶来喝。

我说，不管是不是真有效，反正是没有害处的。

老人家实在且倔，挥舞着瓜皮刀说，也不能说冬瓜茶喝多少都没有坏处，如果是脾肾虚寒面色白肿的人，就不能喝。说是美容，其实哪个美女是靠冬瓜茶养出来的？我喝了一辈子的冬瓜茶，该老还老！不过是个彩头吧。

我说，您这样说，不怕吓走客人？

老人呵呵一笑说，吓不走的。冬瓜茶有一个妙用，专治现代人的病根子。这个病一时半会儿是好不了的，冬瓜茶的市场，它们……他用干瘦的下颌轻轻点了一下对面的饮料摊——哪里是对手呢。

这我倒不明白了，现代人是得了什么病，需要这古早味的冬瓜茶来医？

老人家看我纳闷的模样，自己反倒急了，迫不及待地说，上火啊！现代的人火气比从前大多了，西式饮料没有一样是败火的。火一天比一天大，喝冬瓜茶的人就会一天比一天多。我们就要开连锁店了，古早味的。说着，他把一长溜冬瓜皮嘶啦刮下来，软软垂着，像一条新刷出的绿色标语。

我咕咚咕咚把冬瓜茶喝下去，脏腑里原来无火，此刻更是安宁如冰。想起甘地的一句话："真正尝到滋味的，是心情而非舌头。"

精神的三间小屋

题 记

> 我们的事业,是我们的田野。我们背负着它,播种着,耕耘着,收获着,欣喜地走向生命的远方。

面对那句"人的心灵,应该比大地、海洋和天空都更为博大"的名言,自惭形秽。我们难以拥有那样雄浑的襟怀,不知累积至那种广袤,需如何积攒每一粒泥土、每一朵浪花、每一朵云霓?

有一颗大心,才盛得下喜怒,输得出力量。于是,宜选月冷风清竹木萧萧之处,为自己的精神修建三间小屋。

第一间,盛放我们的爱和恨。对父母的尊爱,对伴侣的情爱,对子女的疼爱,对朋友的关爱,对万物的慈爱,对生命的珍爱……对丑恶的仇恨，对污浊的厌烦，对虚伪的憎恶，对卑劣的蔑视……这些复杂而对立的情感，林林总总，会将这间小屋挤得满满，密密匝匝。你的一生，经历过的所有悲欢离合喜怒哀乐，仿佛以木石制作的古老乐器，铺陈在精神小屋的几案上，一任岁月飘逝。在某一个金戈铁马之夜，它们会无师自通，与天地呼应，铮铮作响。假若爱比恨多，小屋就光明温暖，像一座金色池塘，有红色的鲤鱼游弋，那是你的大福气。假如恨比爱多，小屋就阴风惨惨，厉鬼出没，你就悲戚压抑，形销骨立。如果想重温祥和，就得净手焚香，洒扫庭院，销毁你的精神垃圾，重塑你的精神天花板，让一束圣洁的阳光，从天窗洒入。

无论一生遭受多少困厄和欺诈，请依然相信人类的光明大于暗影，哪怕是只多一个百分点呢，也是希望永恒在前。所以，在布置我们的精神空间时，给爱留下足够的容量。

第二间，盛放我们的事业。一个人从二十五岁开始做工，直到六十岁退休，他要在工作岗位上度过整整三十五年的时光。按一日工作八小时，一周工作五天，每年就要为你的职业付出两千个小时。倘若一直干到退休，那就是七万个小时。在这个巨大的

阳光麦田
·美丽乡村助读书系·

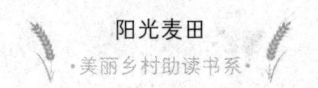

数字面前，相信大多数人都会始于惊骇终于沉思。假如你所从事的工作，是你的爱好，这七万个小时，将是怎样快活和充满创意的时光！假如你不喜欢它，漫长的七万个小时，足以让花容磨损日月无光，每一天都如同穿着淋湿的衬衣，如芒刺在身。

我不晓得一下子就找对了行业的人，能占多大比例。从大多数人谈到工作时乏味麻木的表情推算，估计这样的幸运儿不多。不要轻觑了事业对精神的濡养或反之的腐蚀作用，它以深远的力度和广度，挟持着我们的精神，以成为它磨下持久的人质。

适合你的事业，不靠天赐，主要靠自我寻找。这不但是因为相宜的事业，并非像雨后白桦林的菌子一样，俯拾即是，而且因为我们对自身的认识，也是抽丝剥茧，需要水落石出的过程。你很难预知，将在十八岁还是四十岁甚至更沧桑的时分，才真正触摸到倾心的爱好。当我们太年轻的时候，因为尚无法真正独立，受种种条件的制约，那附着在事业外壳上的金钱、地位，或是其他显赫的光环，也许会灼花了我们的眼睛。当我们有了足够的定力，将事业之外的赘生物一一剥除，露出它单纯可爱的本质时，可能已耗费半生。然费时弥久，精神的小屋，也定需住进你所爱好的事业。否则，鸠占鹊巢，李代桃僵，那屋内必是鸡飞狗跳，不得安宁。

我们的事业，是我们的田野。我们背负着它，播种着，耕耘着，收获着，欣喜地走向生命的远方。规划自己的事业，使事业和人生，呈现缤纷和谐相得益彰的局面，是第二间精神小屋坚固优雅的要诀。

第三间，安放我们自身。这好像是一个怪异的说法，我们自己的精神住所，不住着自己，又住着谁呢？

可它又确是我们常常犯下的重大失误——在我们的小屋里，住着所有我们认识的人，唯独没有我们自己。我们把自己的头脑，变成他人思想汽车驰骋的高速公路，却不给自己的思维，留下一条细细的羊肠小道。我们把自己的头脑，变成搜罗最新信息网罗八面来风的集装箱，却不给自己的发现，留下一个小小的储藏盒。我们说出的话，无论声音多么嘹亮，都是别的喉咙嘟囔过的。我们发表的意见，无论多么周全，都是别的手指圈画过的。我们把世界万物保管得好好的，偏偏弄丢了开启自己的钥匙。在自己独居的房屋里，找不到自己曾经生存的证据。

如果真是那样，我们精神的小屋，不必等待地震和潮汐，在微风中就悄无声息地坍塌了。它纸糊的墙壁化为灰烬，白雪的顶棚变作泥泞，露水的地面成了沼泽，江米纸的窗棂破裂，露出惨淡而真实的世界。你的精神，孤独地在风雨中飘零。

三间小屋，说大不大，说小不小。在非常世界，建立精神的栖息地，是智慧生灵的义务，每个人都有如此的权利。我们可以不美丽，但我们健康。我们可以不伟大，但我们庄严。我们可以不完满，但我们努力。我们可以不永恒，但我们真诚。

当我们把自己的精神小屋建筑得美观结实，储物丰富之后，不妨扩大疆域，增修新舍，矗立我们的精神大厦，开拓我们的精神旷野。因为，精神的宇宙，是如此的辽阔啊。

你究竟说了些什么

题 记

　　谢谢你对我的信任,告知我那么多的知心话,我会为你保守秘密的。

　　某天,一位朋友给我打电话,说,你到哪里去了?我找得你好苦啊!因为是很好的朋友,我也和她开玩笑说,你是不是要请我吃饭啊?我会欣然前往。她着急地说,吃饭有什么难啊,事成之后,我一定大宴你一顿。只是我们现在要把事情做完,每拖延一天,损失都太大了。

　　我听出她语气中的急迫,也就收敛起调侃,问道,到底出了什么事?

她不容置疑地说,我要请你做心理咨询。我松了一口气,说,你要做心理咨询,这很好啊,看来大家是越来越重视自己的心理健康了。只是我们是朋友关系,我不能给你做心理咨询。我会为你介绍一位很好的心理咨询师,由她给你做。

朋友说,这个病人不是我,是我的一位同事的亲戚的朋友的孩子。说实话,我并不认识这个病人,我们也没有多少密切的关系,人家信任我,我才来穿针引线。

我说,你真是古道热肠,拐了这么多的弯,还把你急成这样。给你个小小的纠正,来做心理咨询的人不是病人,我们通常称他们为来访者。

朋友说,这有什么很大的不同吗?叫病人比较顺嘴。

我说,很多人来做心理咨询,并不是因为有了心理疾病,而是为了寻求更好的发展潜能和更亲密的人际关系。

朋友说,但我说的这个孩子确确实实是病了,当然不是身体上的病,他的身体棒得能参加奥运会,却不肯去上学。再有两个月就要高考了,这是多么关键的时刻,可他说不上就不上了,谁劝也没用。一家人急得爸爸要跳楼、妈妈要上吊,他却无动于衷,整天把自己关在屋里玩电脑,任谁都不见。家里人急着要找心理医生,但这个孩子主意太大了,根本就不答应去。后来,他家里人找到我,让我跟你联系。那孩子说如果是毕淑敏亲自接待他,他就前来咨询。现在总算联系上了,你万不能推托。你什么时候有时间呢?让他父母带着他来见你……

我一边听着朋友的述说,一边查看工作日程表。最近的每一个时段都安排得满满的,只有七天后的傍晚有一小时的空闲。

我把这个时间段告知了朋友,请她问问那位中学生届时有没有空。

朋友大包大揽道,只要你能抽出时间,那边还有什么好说的?他们一定会来的。

我很严肃地对她说,请你一定把我的原话传过去。第一,要再次确认那位中学生是自己愿意来谈谈他的想法,而不是被父母强迫而来的。第二,征询那个时间对他合不合适。如果他有重要的事情,我们还可以再约另外的时间。第三句话就不必传了,只和你有关。

朋友说,前两件我都会原汁原味地传达到。只是这第三句话是什么,我很想知道,怎么把我这个穿针引线的人也包括进去了?

我说,第三句话就是,你的任务就到此为止了,因为你已经卷入了这种特殊就诊方式的开头部分。关于进展和结尾,恕我保密。你若是出于好奇或是其他原因追问我下文,我会拒绝回答,到时候,请你不要生气。不是我不理睬你,友情归友情,工作是工作,保密是原则问题,祈请见谅。

朋友说,好,我把你的话传达到就算使命完成。我会尊重你们的工作规定。

一周后的傍晚,一对衣着光鲜的夫妻"押着"儿子来了。我之所以用了"押"这个词,是因为夫妇俩一左一右贴身护卫着那个高大的年轻人,好像怕犯人逃跑的衙役。年轻人走进咨询室的时候,他们俩也想一并挤入。

接待人员递给我咨询表格,轻声对他们说,你们并不是整个家庭接受咨询。

年轻人说,对,这是我一个人的事。说完,他懒懒散散走进了咨询室,一屁股坐在沙发上,目光直率地打量着我,我也打量着他。

他叫阿伦，身高大约一米八三，双脚不是像旁人那样安稳地倚着沙发腿放置，而是笔直地伸出去，运动鞋像两只肮脏的小船翘在地板中央。他身上和头发里发出浓烈的龌龊汗气，让人疑心置身于一家小饭馆的烂鸡毛和果皮堆的混合物旁。我抑制住反胃的感觉，不动声色地等着他。

你为什么不先说话？他很有几分挑衅地开始了。

我说，为什么我要先说话呢？这里是心理咨询室，是你来找我的，当然需要你先说出理由了。

他突然就笑了，露出很整齐却一点也不白的牙齿，说，你说得也有几分道理啊，不过，是他们要我来见你的。

我问，他们是谁？

阿伦歪了歪鼻子，用鼻尖点向候诊室的方向，在墙的那一边，走动着他焦躁不安的父母。

我表示明白他的所指，把话题荡开，问道，你好像比他们的个子都要高？

他好像受到了莫大的夸奖，说，是啊，我比他们都高。

我说，力气好像也要比他们大啊！

阿伦很肯定地点头说，那是当然啦！我在三年前掰腕子就可以胜过我父亲了。

我把话题一转：如果你不愿意来，你的父母是无法强迫你到心理咨询师这里来的。

阿伦愣了一下，说，对，我是自愿的。

我说，既然你是自愿来的，那你有什么问题要讨论呢？

阿伦说，我其实没有问题，是他们觉得我有问题。我不过是上上网，玩玩电子游戏，有什么了不起的？

我不想跟阿伦在到底是谁有问题的问题上争执不休。因为第一次咨询的任务，最主要是咨询师要和来访者建立起良好的关系，培养起信任感并了解情况。我说，你一天上网的时间是多少呢？

他说，大约十八个小时吧。

我无法掩饰自己的惊讶，问道，那你何时吃饭、何时睡觉呢？

阿伦说，饿了就吃，一顿饭大约用三分钟。实在熬不住了，就睡，每次睡十五分钟再起来战斗。我发现人一天睡五小时就足够了，说睡八小时那是农耕时代的懒惰。

我说，首先恭喜你——

我的话还没有说完，就被阿伦打断了：您不是在说反话吧？

我很惊奇地反问他，你从哪里觉得我是在说反话呢？

阿伦说，所有的人知道我这样的作息时间之后，都说我鬼迷心窍，哪能一天只睡五小时呢？

我说，我要恭喜你的也正是这一点。因为通常的人是需要每天睡眠八小时，如果你进行了正常的工作学习而只需要五小时睡眠就能恢复精力，这当然是值得庆贺的事情。每天能节约出三小时，一辈子就能节约出若干岁月，你要比别人富余很多时间呢，当然可喜可贺。

阿伦点点头，看来他相信我说的是真心话。我紧接着问道，那你何时上学做功课呢？

阿伦皱起眉头说，您是真不知道还是假装不知道呢？我已经整整二十八天不去上学了。

我发现当他说到"二十八天"这个日子的时候，眼睫毛低垂了下去。我说，看来，你还是非常在意上学这件事的。

他立刻抗议道，谁说的？我再也不想回到学校了，那是我的伤心之地。

我说，你连每一天都计算得这样清楚，当然是重视了。只是我不知道，在二十八天以前发生了什么重大的事情，让你做出了不再上学的决定，直到今天还这样愤怒伤感？

阿伦很警觉地说，你到学校调查过我了？

这回轮到我笑起来说，你真是高估了我。你以为我是克格勃？我哪有那个本事！

阿伦还是放不下他的戒心，说，那你怎么知道二十八天以前发生过什么重大的事情？

我收起笑容说，能让你这么一个身高体壮、智力发达、反应灵敏的年轻人做出不上学的决定，当然是一件重大的事情啦！

阿伦说，你猜得不错。二十八天之前，正好是我们模拟填报高考志愿的时候。我看到发下来的报名表，想也没想就填上了"清华大学"。当然了，我的成绩距离上清华还有很大的差距，但我想，距离考试还有几个月的时间，谁说我就不能创造出点奇迹呢？再有，士气可鼓而不可泄呢，这也是兵法中常常教导我们的策略嘛！

没想到代课老师走到我面前，斜眼看了看我的志愿，说，就你这德行也想报清华？你以为清华是自由市场啊！

那天正好我们的班主任因病没来，要是班主任在，也许就不会出事了。这位代课老师因为我有一次打篮球没看见她，忘了问好，就被她记了仇。

我说，怎么啦，清华就不能报了？

老师说，也不看看自己的成绩，别给学校丢人了，这样的报考单送到区里做摸底统计，人家不说你不知天高地厚，反倒说是老师没教会你量力而行。

如果老师单单说到这里就停止，我也就忍气吞声了。学校里，老师挖苦学生是天经地义的事，我们都麻木了。我低下了头。老师不依不饶，撇着嘴说，就凭你这样的人还想为校争光，那我就大头朝下横着走！

听到这里，我忍不住插话道，这位老师如此伤害你的自尊心，我听了很生气。

阿伦没理我，自顾自说下去。

不知为什么，老师这句话强烈地刺激了我，我一想起面目可憎的老师能像个螃蟹似的头抵着土在地上爬行，就不由自主地哈哈大笑。老师摸不着头脑,但是能感觉到我的笑声和她有关,就厉声命令我不要笑。但我依旧大笑不止。她束手无策。那天我笑得天昏地暗,从学校一直笑回了家,闹得父母很吃惊,以为我考了一百分。

我走火入魔似的陷入了这种想象之中,但是要让老师真的趴在地上,是有条件的,我必得为校争光。我真的能考上清华吗?我没有这个把握,若是考不上,岂不验证了老师对我的评判?我就滋生了放弃高考的念头。一场考试,如果我根本就没有参加,就像武林高手不曾刀光剑影华山论剑,你就无法说谁是武林第一。但是放弃了高考,我用什么来证明自己呢?我想到了网络游戏。

说到这里,阿伦抬起头,问道,您玩网络游戏吗?

我老老实实地回答,不玩。我老眼昏花的,根本就反应不过来。

阿伦同情加惋惜地叹口气说,那您也一定不知道"魔兽""部落""联盟"这些术语了?

我说,真的很遗憾,我不知道。但我很想向你学习。

我说的是真心话。既然我的来访者是这方面的高手,既然他沉迷于网络不能自拔,我当然要向他请教,我要走入他的世界,我要感同身受地体验到他的快乐和迷惘,我必须了解到第一手的资料和感受。

阿伦说,那我就要向您进行一番普及教育了。他说着,有点似信非信地看着我。

我马上双手抱拳,很恭敬地说,阿伦老师,请你收下我这个学生。只是我年纪大了,脑袋瓜也不大好使,还请老师耐心细致地讲解,不要嫌弃我笨。如果有不明白的地方,我会提出来,也请老师深入浅出地回答。

他快活地笑起来,说,我一定会耐心传授的。说完,他就一本正经地向我解释起经典游戏的玩法。我非常认真地听他讲授,重要的地方还做笔记,说实话,专心致志的劲头,只有当年在医学院做学生听教授讲课的时候才有,且这般毕恭毕敬。

交流平稳地推进着,离结束只有十分钟时间了。按照咨询的惯例,我要进入"包扎"阶段。也许在不同的流派里,对于这段时间的掌握和命名各有不同,但我还是很喜欢用"包扎"这个术语。咨询的过程,在某种程度上就是打开了来访者的创伤,在来

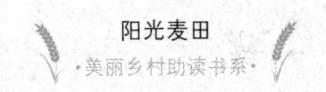

访者离去之前,一个负责任的心理咨询师要把这伤口消毒与缝合,让来访者在走出咨询室的时候不再流血和呻吟。心理创伤和生理创伤一样,陈年旧疾和深入的伤口,都不是一朝一夕可以愈合如初的。心理咨询师要有足够的耐性,做好充足的准备,第一次咨询主要是建立起真诚的信任关系和了解情况,其余的工作来日方长。

我说,谢谢你如此精彩的讲解,现在,我对网络游戏多了些了解。

阿伦轻快地笑起来,说,能和您这样谈话,真是很愉快啊。我还要再告诉您一个重要的秘密,我就要代表中国和韩国的选手比赛,如果我们赢了,那就真是为国争光了!

我伸出手来祝贺他说,你在游戏中充满了爱国精神。

他紧紧地握住了我的手,说,您说的是真心话吗?

我说,当然,你可以使劲握住我的手,你可以感觉到我手的力量。如果我的话是假的,我会退缩。

阿伦真的握住了我的手,我感觉到他的手在轻轻地发抖。

分手的时间到了,我对阿伦说,谢谢你对我的信任,告知我那么多的知心话，我会为你保守秘密的。也谢谢你耐心地为我这样一个游戏盲讲解游戏，让我对此有了一定的了解。我希望在下个星期的这个时间能够看到你来，咱们还要讨论为国争光的问题呢！

阿伦脸上的神色突然变得让人捉摸不透，他对我说，原谅我下个星期的这个时间不能来到您这里了。

我尊重阿伦的意见，因为如果来访者自己不愿意咨询了，无论咨询师多么有信心也无法继续施行帮助计划了。

我表示理解地点点头。

阿伦突然扬起了眉毛，说，下个星期的这个时候，我想我是在学校上晚自习吧。您知道，毕业班的功课是非常紧张的。

我大吃一惊。说实话，在整个咨询过程里都不曾探讨上课的事，我认为时机未到。

阿伦是个无比聪明的孩子，他看出了我的困惑，说，我知道爸爸妈妈领我来的意思，谢谢您没有说过一句让我回去上课的话。在来的路上我就想好了，如果您也千篇一律地劝我的话，我会扭头就走。谢谢您，什么也没说。您向我讨教游戏的玩法，我很感动。从小到大，还没有一个成年人如此虚心地向我求教过，这样耐心地听过我说话。还有，您最后祝愿我为国争光，我非常高兴，您终于理解我不上学其实只是想证明自己是有能力做一些事情并且能做好的。对了，您还表示了对那个老师的愤慨，让我觉得很开心，觉得自己不再孤独和愚蠢……现在，我不需要再用网络游戏来证明什么给那个老师看了，我要回到书本中去了。我知道这也是您希望的，只是您没有说出来。

我们紧紧握手，这一次，他的手掌都是汗水，但不再抖动。

过了暑假，那位朋友跟我说，你用了什么法子让那个网络成瘾的孩子改邪归正的？他的父母非常感谢你，因为他考上了重点大学，真是考出了最好的成绩呢！他们想请你吃饭，邀我作陪。

我说，咱们可是有言在先的，我不能向你透露任何相关的信息，也不能赴宴。如果你馋虫作怪，我来请你吃饭好了。

朋友说，我看他们感谢你还不是最主要的目的，主要是想探听出你究竟跟他们的儿子说了点什么，能有这么大的功效。

我说，那一天，我说得很少，阿伦说得很多。其余的，无可奉告。

提醒幸福

题记

灵魂的快意同器官的舒适像一对孪生兄弟,时而相傍相依,时而南辕北辙。

我们从小就习惯了在提醒中过日子。天气刚有一丝风吹草动,妈妈就说,别忘了多穿衣服。才结识了一个朋友,爸爸就说,小心他是个骗子。你取得了一点成功,还没容得乐出声来,所有关切着你的人一起说,别骄傲!你沉浸在欢快中的时候,自己不停地对自己说:千万不可太高兴,苦难也许马上就要降临……

我们已经习惯于提醒,提醒的后缀词总是灾祸。灾祸似乎成了提醒的专利,把提醒也渲染得充满了淡淡的贬义。

我们已经习惯了在提醒中过日子，看得见的恐惧和看不见的恐惧始终像乌鸦般盘旋在头顶。

在皓月当空的良宵，提醒会走出来对你说：注意风暴。于是我们忽略了皎洁的月光，急急忙忙做好风暴来临的一切准备。当我们大睁着眼睛枕戈待旦之时，风暴却像迟归的羊群，不知在哪里徘徊。当我们实在忍受不了等待灾难的煎熬时，我们甚至会恶意地祈盼风暴早些到来。

在许多夜晚，风暴始终没有降临。我们辜负了冰冷如银的月光。

风暴终于姗姗地来了。我们怅然发现，所做的准备多半是没有用的。事先能够抵御的风险毕竟有限，世上无法预计的灾难却是无限的。战胜灾难靠的更多的是临门一脚，先前的惴惴不安帮不上忙。

当风暴的尾巴终于远去，我们守住凌乱的家园。气还没有喘匀，新的提醒又智慧地响起来，我们又开始对未来充满恐惧的期待。

人生总是有灾难。其实大多数人早已练就了对灾难的从容，我们只是还没有学会灾难间隙的快活。我们太注重警觉苦难，我们太忽视提醒幸福。

请从此注意幸福！

幸福也需要提醒吗?

提醒注意跌倒……提醒注意路滑……提醒小心上当……提醒荣辱不惊……先哲们提醒了我们一万零一次,却不曾提醒我们享受幸福。

也许他们认为幸福是不提醒也跑不了的。也许他们以为好的东西你自会珍惜,犯不上谆谆告诫。也许他们太崇尚血与火,觉得幸福无足挂齿。他们总是站在危崖上,指点我们逃离未来的苦难。

但避去苦难之后的时间是什么?

那就是幸福啊!

享受幸福是需要学习的,当幸福即将来临的时刻需要提醒。

人可以自然而然地学会感官的享乐,却无法天生地掌握幸福的韵律。灵魂的快意同器官的舒适像一对孪生兄弟,时而相傍相依,时而南辕北辙。

幸福是一种心灵的震颤,它像会倾听音乐的耳朵一样,需要不断地训练。

简言之,幸福就是没有痛苦的时刻。它出现的频率并不像我们想象的那样少。人们常常只是在幸福的金马车已经驶过去很远了,才捡起地上的金鬃毛说,原来我见过它。

人们喜爱回味幸福的标本,却忽略了幸福披着露水散发清香的时刻。那时候我们往往步履匆匆,瞻前顾后,不知在忙着什么。

世上有预报台风的,有预报蝗虫的,有预报瘟疫的,有预报地震的。没有人预报幸福。

其实幸福和世界万物一样,有它的征兆。

幸福常常是朦胧地、很有节制地向我们喷洒甘霖。你不要总希冀轰轰烈烈的幸福,它多半只是悄悄地扑面而来。你也不要企图把水龙头拧得更大,使幸福很快地流失,而需静静地以平和之心,体验幸福的真谛。

幸福绝大多数是朴素的。它不会像信号弹似的,在很高的天际闪烁红色的光芒,它披着本色的外衣,亲切温暖地包裹起我们。

幸福不喜欢喧嚣浮华,常常在暗淡中降临。贫困中相濡以沫的一块糕饼,患难中心心相印的一个眼神,父亲一次粗糙的抚摸,女友一个温馨的字条……都是千金难买的幸福啊。像一粒粒缀在旧绸子上的红宝石,在凄凉中越发熠熠夺目。

幸福有时会同我们开一个玩笑,乔装打扮而来。机遇、友情、成功、团圆……它们都酷似幸福,但它们并不等同于幸福。幸福会借着它们的衣裙,袅袅婷婷而来,走得近了,揭去帷幔,才发觉它有钢铁般的内核。幸福有时会很短暂,不像苦难似的笼罩天空。如果把人生的苦难和幸福分置天平两端,苦难体积庞大,幸福可能只是一块小小的矿石。但指针一定会向幸福这一侧倾斜,因为它是有生命的黄金。

幸福有梯形的切面,它可以扩大也可以缩小,就看你是否珍惜。

我们要提高对幸福的警惕,当它到来的时刻,激情地享受每一分钟。据科学家研究,有意注意的结果比无意要好得多。

当春天到来的时候,我们要对自己说,这是春天啦!心里就会泛起茸茸的绿意。

幸福的时候,我们要对自己说,请记住这一刻!幸福就会长久地伴随我们。

那我们岂不是拥有了更多的幸福!

所以,丰收的季节,先不要去想可能的灾年,我们还有漫长的冬季来得及考虑这件事。我们要和朋友们跳舞唱歌,渲染喜悦。既然种子已经回报了汗水,我们就有权沉浸在幸福中。不要管以后的风霜雨雪,让我们先把麦子磨成面粉,烘一个香喷喷的面包。

所以,当我们从天涯海角相聚在一起的时候,请不要踌躇片刻后的别离。在今后漫长的岁月里,有无数孤寂的夜晚可以独自品尝愁绪。在一起的每一分钟,都让它像纯净的酒精,燃烧成幸福的淡蓝色火焰,不留一丝渣滓。让我们一起举杯,说:我很幸福。

所以,当我们守候在年迈的父母膝下时,哪怕他们鬓发苍苍,哪怕他们垂垂老矣,你都要有勇气对自己说:我很幸福。因为天地无常,总有一天你会失去他们,会无限追忆此刻的时光。

幸福并不与财富地位声望婚姻同步,它只是你心灵的感觉。

所以,当我们一无所有的时候,我们也能够说:我很幸福,因为我们还有健康的身体。当我们不再享有健康的时候,那些最勇敢的人可以依然微笑着说:我很幸福,因为我还有一颗健康的心。甚至当我们连心都不再存在的时候,那些人类最优秀的分子仍旧可以对宇宙大声说:我很幸福,因为我曾经生活过。

常常提醒自己注意幸福,就像在寒冷的日子里经常看看太阳,心就不知不觉暖洋洋亮光光。